Hans–Jürgen Schleicher

Undine. Eine Novelle

Hans-Jürgen Schleicher

Undine. Eine Novelle

*Die Deutsche Nationalbibliothek verzeichnet diese Publika-
tion in der Deutschen Nationalbibliografie; detaillierte biblio-
grafische Daten sind im Internet über http://dnb.dnb.de ab-
rufbar.*

TWENTYSIX – Der Self-Publishing-Verlag
*Eine Kooperation zwischen der Verlagsgruppe Random House
und BoD – Books on Demand*

Herstellung und Verlag:
BoD – Books on Demand, Norderstedt

ISBN: 9783740750145

I

In letzter Zeit hatte er angefangen sich mit seinen Träumen zu beschäftigen. Im Grunde nichts Ungewöhnliches: Viele seiner Bekannten, und hierbei vor allem Frauen, erzählten von ihren Ausflügen in diese irrationale Bilderzone. Oft mit einem merkwürdigen Unterton: Als ob sie ein Mysterium verraten würden. Doch ihm war das etwas Fremdes. Etwas Neues.

Der Anlass dafür war ein mehrmals wiederkehrender Traum, der ihn nicht losließ. Genauer: die Bruchstücke ein- und desselben Traumes. Sie tauchten, in Fortsetzung, während mehrerer Nächte auf, wollten sich zu einem Ganzen zusammenschließen, was aber frustrierender Weise nie wirklich gelang. So aber quälte er sich am Morgen mit dem vergeblichen Nachsinnen über eine scheinbar drängende Botschaft, die jedoch in dem Augenblick zu Nichts wurde, als er genügend wach war, um sie festhalten zu wollen. Und dennoch war sie nachdrücklich genug, um ihn nicht einfach nach Aufstehen, Zähneputzen, Duschen, einer hastig heruntergestürzten Tasse Kaffee auf der Fahrt ins Büro vollständig aus ihrer Stimmung zu entlassen. Etwas rumorte in ihm.

**

Es schien ihm, setzte er diese Traumbruchstücke doch noch irgendwie zusammen, als ob er in einem lichten Kiefernwald spazieren gegangen wäre, ein breiter Weg führte in einer leichten Kurve über eine sonnenbeschienene Wiese in die Tiefe. Dann veränderte sich der Charakter des Traumes und des Waldes ins Dunkle. Links und rechts von ihm knackten Zweige, als ob ihn jemand oder etwas beschlich: Wurde er verfolgt? Waren es Tiere gewesen, so hatte er jedenfalls vergessen, von welcher Art und ob überhaupt; es blieb nur das Gefühl eines angespannten Hinhorchens auf etwas Beunruhigendes. An Tierlaute erinnerte er sich nun doch. Und dass der Weg plötzlich nicht mehr da war, einzig Gestrüpp: vor ihm, neben ihm, hinter ihm. Und im Weiteren eine andere Szene: Riesige Bäume umgaben ihn, Zweige umschlangen Zweige, waren miteinander verflochten, arm- und schenkeldick; und waren nun wirklich behaarte Arme und Schenkel, die sich ineinander wandten und zu fellbesetzten Gliedern, Leibern, Brüsten, Schamlippen wurden, aber keine Gesichter hatten und noch immer Zweige an Bäumen waren. Er war in einem Verhau lebendiger Waldwesen gefangen, einem dichten, ihn umgreifenden Urwald, und sein einziger Ausweg bestand darin, aufzuwachen. Was auch geschah.

**

Aufgedrängt hatte sich ihm die erstmals aufblitzende Erinnerung an dieses Traumbild ausgerechnet während der Arbeit, in einer Besprechung. Die dunkle Präsenz nicht festzuhaltender Trauminhalte begleitete ihn zwar, wie er jetzt wusste, schon seit längerem, aber er konnte sie bisher in der Routine des Tages verdrängen. Nun nicht mehr.

Während er versuchte, in einer Ingenieurssitzung die Idee der klaren Linie und der ungestörten Fläche einem (wie er meinte: ignorantem) Fachmann für Belüftungstechnik deutlich zu machen, bemüht, dessen praktischen und ökonomischen Einwände als nicht stichhaltig zu entkräftigen und für die reine Form zu streiten, brach plötzlich ein bizarres Traumfragment in sein rationales Tagesbewusstsein ein: verschlungene, fellbedeckte Äste, ihn umarmend, sich an ihn drängend. Der Kontrast zwischen dem, was er eben vortrug und dem, was in ihm untergründig wühlte, ließ ihn stocken. Aus dem Konzept gebracht, verstolperte sein Argument ins Ungefähre und er schloss hastig mit irgendeiner Phrase. Dies war das erste Mal, dass er die Unruhe ernstnehmen musste, die in ihm war. Den Traum. Den Sog. Den Verlust. Etwas fehlte.

**

Zwar wurde ihm durch darüber Nachsinnen auch nicht einsichtiger, welche Bedeutung dieser Traum (und ähnlich folgende) hatte, was ihn so wichtig machte: Außer, dass er ihn nicht vergessen konnte und er in seiner Erinnerung immer aufdringlicher wurde. Aber dass eine untergründige tektonische Verschiebung in seiner Psyche stattfand, das konnte er spüren. Er begann über sein Leben nachzudenken. Zu grübeln. Das betraf sein privates Leben, fast mehr noch sein Berufsleben. Sein Berufsethos. Für ihn war seine Arbeit immer Berufung gewesen, ein Streben zur Erfüllung einer Forderung, die sich für ihn aus der Sache ergab: Bauen war zwar kein Selbstzweck, l'art pour l'art führte in die Irre, doch ohne weitergehenden kreativen Anspruch war das Ziel – Qualität in der Architektur – nicht erreichbar. Ohne diesen blieb nur die Öde der Mittelmäßigkeit und ein verbauter Horizont.

Nun musste er sich sagen, dass dieser kreative Ursprungsquell seiner Arbeit vielleicht gar nicht mehr existierte. Irgendwie abhandengekommen war. Dass er sich erschöpft hatte. Und dass hier sein Problem lag. Auch musste er sich sagen, dass er durch seine Arbeit selbst in diese Situation geraten war.

Noch immer war sein Ausgangspunkt ein spontaner Einfall, eine irreguläre Antwort auf eine gestellte Aufgabe; doch war es ihm früher darum gegangen, die Spontaneität und Irregularität beizubehalten und in ein Bild zu übersetzen, hatte sich diese Haltung im Laufe seiner Professionalisierung – oder sollte er besser sagen: Anpassung? – geändert: Nun versuchte er von Anfang an seinen Einfall zu disziplinieren, ihn in eine Ordnung zu bringen, um all den verschiedenen Anforderungen an ein Bauwerk gerecht werden zu können. Um vernünftige Argumente für seine Sache vorbringen zu können: Um sie letztendlich durchzusetzen. Daher begründbar. Daher rational. Aber es war mehr als das. Seine Anfängerentwürfe schienen ihm nur noch schief und krummgewachsen, seine damalige Darstellungsweise ungelenk und naiv, seine frühere Haltung zu sprunghaft, nicht streng genug. Er selbst hatte sich verändert.

**

Und wer war er heute, wenn er sich im Spiegel ansah? Er fand kein schmeichelhaftes Selbstbild vor sich: Hier war jemand, der sich unbehaglich fühlte, wenn irgendwer zu laut und hemmungslos lachte; jemand, den es störte, wenn ihn beim Einkauf in der Schlange vor der Kasse ein Baby neugierig-staunend ansah und befingerte; jemand, der ungeduldig wurde, wenn Behinderte oder Kranke ihn am Eingang eines Gebäudes oder auf einer engen Treppe mit ihrer Ungeschicklichkeit und Schwerfälligkeit aufhielten; jemand, dem jedes lebhafte und ungewöhnliche Aus-der-Reihe-Tanzen suspekt war: Im Grunde jede Äußerung des Lebens in emotionsgeladener oder unvollkommener Form. Im Grunde jede Äußerung des Lebens.

All das war Symptom für etwas, er spürte es als Mangel, als Verlust, und dieser Verlust betraf auch seine Arbeit, seine Fähigkeit, lebendig zu reagieren und sich auf neue Situationen einzustellen. Er war abgeschnitten. Irgendwie war ihm die Lebendigkeit, war ihm das Leben ausgeronnen, in und durch seinen Beruf, und so auch in den Kümmerresten seiner übrigen Existenz.

Nun war er jemand, den es quälte, wenn eine reine, unberührte Fläche durch ein Graffiti, wie er es empfand: verletzt wurde. Andererseits dachte er auch: In dem Augenblick, in dem ihm die kryptischen Schriften und Bilder an den Wänden der Unterführungen und Betonabsperrungen nicht

mehr nur als Schmierereien und Störung der Ordnung aufstoßen, sondern von ihm als Ausdruck
einer ungeregelten, ungezähmten, nicht zu unter-
drückenden Kreativität angenommen werden
würden, in dem Augenblick hätte er auch wieder
Zugang zu seiner eigenen Ausdruckskraft gefun-
den.

Wie lange war es her. dass er diese Zeichen wirklich angesehen hatte? Wie lange her, dass er sich
nicht innerlich empört abgewandt (er wollte all
den Schmutz und die Unordnung gar nicht mehr
sehen), sondern sie neugierig aufgenommen
hatte? Abbild des Lebens. Auch hier. Gerade hier.
Und jetzt vertrat er die andere Seite. Forderte Respekt für die leere Fläche, die ungestörte Ordnung,
den weißen Putz und die Unberührtheit des Be-
tons. Und litt unter den Angriffen des Chaos auf
seine puristisch-karge Form. Symptom des Ver-
lustes.

**

Den Propheten traf er eines Spätnachmittags nach
Arbeitsschluss, im hastigen Geschiebe der Fuß
gängerzone. Für ihn sah er wie ein Prophet aus:
alttestamentarisch, mit zotteligen dunklen Haa-
ren, verwildertem Bart, schmuddeliger Kleidung.
Er stand einfach da, eine Plastiktüte in der Hand,
und begann seine Beschimpfung. Beschimpfung

ist vielleicht zu hart gesagt, es war nichts Persönliches, er sprach niemanden direkt an, aber er wollte offensichtlich den Leuten ins Gewissen reden, indem er sie auf ihre gierige, oberflächliche Lebensweise hinwies. Konsumgeilheit. Egozentrik. Massenverblödung. „Seid ihr denn alle Verrückt, das mitzumachen, erinnert euch, erinnert euch an euch selbst, ihr wollt, ihr braucht das alles nicht, ihr verplempert eure Lebenszeit, ihr setzt auf das falsche Pferd, ihr versäumt euch."

So ging es weiter, er wartete nicht ab, bis der Prediger zu Jesus kam oder einem anderen Heilsbringer, der das falsche Leben ins richtige umbiegen konnte, wie ein solcher Sermon für gewöhnlich ausklang; für ihn war das genug an Appell, an Ermahnung. Normalerweise wäre er ohne hinzuhören weitergegangen, er hasste Predigten und missionarische Töne, aber durch die Beschäftigung mit seinen Träumen und durch die beginnende Anzweiflung seines eigenen Lebens sensibilisiert, berührte ihn irgendetwas daran. So blieb er zwar nicht stehen, aber er nahm einen intensiven Eindruck mit: Sich einfach aus dem gewohnten, geforderten Leben hinausfallen zu lassen, nicht mitzumachen, bei was auch immer, sich hinzustellen und andere aufzufordern nachzudenken, dass musste ihm imponieren, und er fragte sich, ob er selber den Mut dazu aufbringen würde. Obwohl die Situation selbst nur einer Konvention entsprach, nur eine Rolle auszufüllen war, einem uralten Textbuch verpflichtet: der Prophet und seine ungläubigen Zuhörer, der Mahner unter den Gleichgültigen, der von Gewissheit erfüllte unter den Zweiflern. Nicht sein Weg. Aber genügend Anstoß, um ihn in seiner Nachdenklichkeit zu bestärken.

**

Diesen Morgen weigerte er sich aufzustehen. Er verweigerte sich sich selbst, seinem vernünftigen, einsichtsvollen, an die Realität angepassten Erwachsenen-Ich. Später würde er im Büro anrufen und einen Arztbesuch vortäuschen. Später würde er deshalb wirklich zu einem Arzt gehen. Jetzt versuchte er, mit sich ins Reine zu kommen.

Noch war er in diesem Stadium des Aufwachens, in dem er jederzeit in den Schlaf zurücktauchen konnte, aber schon zu weit gelöst von den Träumen der vergangenen Nacht, um sie weiterspinnen zu können. Ein unbestimmtes Moment der Irrealität (Geborgenheit, Wunscherfüllungsland, Eingewoben sein in sexuell gefärbte Fantasien) umgab ihn, wie es nur ein allmähliches, sanftes Aufdämmern zuließ, nicht das abrupte Aufschrecken aus einem Alptraum oder das automatische

13

Reagieren auf den Weckalarm. Er beschloss, sich den Bildern zu überlassen, die auftauchen würden, wenn er sie suchte, ließ sich fallen, um auf den Grund seiner Verwüstung zu kommen: In einen Schlaf, der nicht mehr Schlaf war. Doch kein Trostbild erwartete ihn, sondern die Tauchfahrt in eine schroffe Kargheit. In einen ausgetrockneten Ozean. Unten steht er auf der öden Fläche eines Schuttberges. Nur Wüste und Staub und Schotter. Gräbt nach der Quelle, die es dort (noch) geben müsste. Findet den Kopf einer zerbrochenen Statue: blaues Lehmgestein, ungebrannt, lapislazulifarbene unbekannte Göttin. Große Augen, wissendes Lächeln. Als er endlich auf Wasser stößt, zerbröckelt die Statue in der Feuchte, er kann sie nicht erhalten, auch das Wasser kann er nicht festhalten, es versickert wieder im Steingeschiebe.

Ist er das? Sieht es so in ihm aus? Geschichtslos, leblos, nur Bruchstücke auf einem Trümmerhügel, unfähig die Gegenwart des lebendigen Wassers zu fassen und zu nutzen?

**

Er verstand: Er musste in seinem Leben etwas ändern, um wieder im Leben zu sein. Was genau, wusste er nicht; Er wusste auch nicht, wie er in diesen Zustand geraten war, auf welchem Weg, in welcher langsam- unmerklichen Drift. Es war ja nicht als ein Ereignis, als ein Unfall oder ein Schicksalsschlag über ihn gekommen, sondern als schleichende Erosion, als Verschleiß. Abgenutzt war das, was ihn, wie er gedacht hatte, ausmachte: sein Herkommen, sein Impuls, seine Richtung; jetzt sah er dies alles wie eine Kulisse an, die er sich selbst aufgebaut hatte, um sein eigenes Stück aufzuführen. Selbstillusion, Selbstverblendung, um sich selbst einen Namen geben zu können, um sich in ein Wort zusammenzubinden: Das bin Ich. Auch, um sich in Worten festschreiben zu können: Ich bin Architekt.

Denn das war für ihn immer wichtig gewesen: sich durch das, was er tat, selbst zu finden, sein Selbst zu finden. Er war Architekt, nicht weil er in diesem Job zufällig untergekommen war, sondern weil er sich als Architekt definierte. Aber gerade das war seine Illusion: Es gab nämlich kein statisches Ich, kein festes Gefüge von Werten, Urteilen, übermittelten und gewonnenen Erfahrungen; in Wirklichkeit war er geschichtslos, wurzellos, nur von den Wechselfällen der Gegenwart dirigiert. Er war ein Schwimmer im strudelnden Wasser und hatte, verzweifelt um Halt bemüht, irgendwie das Fließende in ein Festes verwandelt; Staub und

Schotter war das Ergebnis, unfruchtbarer Gesteinsschutt. Sein Wahrtraumbild.

Der imaginierte Halbtraum zeigte ihm deutlich: Austrocknung, Verwüstung war da; Kultur nur als archäologische Vergangenheitsbruchstücke – er konnte danach graben und die fragilen Formen auffinden, aber der Kontakt mit der gelebten Realität würde die Bruchstücke sofort auflösen, während er gleichzeitig unfähig war, das flutende, hervorquellende Lebenswasser aufzunehmen und zu speichern. Es würde, so wie er war, versickern. Es versickerte schon die ganze Zeit.

**

Wie jeder Eingeborener in einer durch das Vorbild der Älteren übermittelten, relativ festgelegten Kultur aufgewachsen, hatte ihn der Zivilisationsschock (ironischerweise war seine eigene, dynamische Zivilisation dafür verantwortlich) von den Werten der Vergangenheit abgeschnitten. Alles, was er früher für feststehend und wahr gehalten hatte, war in Wirklichkeit schon längst ohne Bestand: Kein fester Fels, auf den sich gründen lässt, sondern längst brüchig, längst mürbe gewordenes Eis, in Auflösung in einen ruhelosen Ozean von Ereignissen und Meinungen begriffen. Im Rund-um-die-Welt-Medienzeitalter gab es keine

Eindeutigkeiten mehr, nur die Konkurrenz unterschiedlicher Weltsichten, sich gegenseitig ausschließender und trotzdem nebeneinander bestehenden Erzählungen von den Dingen. Die wie selbstverständlich in der Realität verankerte einzige Erzählung über die Welt gibt es nicht mehr. Und für ihn war das offenbar ein Problem.

Er konnte sich, wie es schien, nicht nur damit begnügen, sich über Wasser zu halten und nicht weiter darüber nachdenken, welche Tiefe unter ihm lag. Der normale, gesunde Zynismus, wie er ihn nannte, der es möglich machte, alles auf praktische Art abzuhandeln und sich nicht ins Grundlose, Grundsätzliche zu verirren, diese Haltung, in der vieles Lästige nicht mehr beachtet werden musste, ließ sich für ihn auf Dauer nicht durchhalten. Was es sonst noch gab – Karriere, Sex, Amüsement – beschäftigte ihn, anders als andere, nicht so sehr. War das sein Fehler? Jedenfalls sein Problem. Es genügte ihm nicht, in seinem Denken auf die gerade gängigen Phrasen reduziert zu sein, in seiner Motivation auf das Mitschwimmen im Strom des unbezweifelt Üblichen.

**

Denn auf einer tieferen Ebene war er es selbst, der den   einfachen   Erklärungen   und   simplen

Erzählungen misstraute, schon immer, von Beginn (seines bewussten Nachdenkens) an; niemand brauchte ihn von außen zu verwirren und von etwas abzubringen. Und auf dieser Ebene führte eine Spur zurück in eine Zeit, in der er wirklich noch an der Quelle einer ursprünglichen Erfahrung saß, voller Verwunderung darüber, dass es ihn gab, dass er existierte und andere Dinge um ihn herum da waren...

Und dass es ihn in einer bestimmten Gestalt gab, so wie die Dinge um ihn herum eine bestimmte Gestalt hatten, nicht einfach ihr Aussehen wechselten und am neuen Tag anders waren (obwohl, in einer noch früheren Zeit war er sich nicht sicher gewesen, ob es nicht doch so wäre...).

Auch tief verwundert darüber, dass er sich als etwas ebenso eindeutig Festgelegtes ansehen musste wie die Dinge, wie wenn diese ihn von außen bedrängen würden, ihre Eindeutigkeit zu übernehmen – obwohl er selbst doch ständig schwankte und in der Unschärfe einer Aufmerksamkeitsdiskontinuität existierte, für die er zwar noch keine Worte hatte, die ihm jedoch deutlich bewusst war. So deutlich bewusst, wie er sich auch als sein eigener Verfestiger erlebte, der sich aus den offenen Möglichkeiten, den weithin offenen Himmelsrichtungen in ein einziges Selbst zurückgezogen hatte, sich auf eine bestimmte Fixierung beschränkend. Warum gerade in dieser Gestalt und nicht in einer anderen? Warum so fest, so eindeutig? Oder war er gar nicht eindeutig, und war diese Form vielleicht nur etwas zufällig Gewordenes, unter beliebigen Bedingungen Entstandenes? Vielleicht Austauschbares?

Die Spur führte zurück in eine Zeit, als er sich selbst noch beim Einüben in eine Rolle zusehen konnte, schon halb verborgen unter Masken, die, noch nicht festgewachsen, jederzeit abgenommen und gewechselt werden konnten; eine Zeit, in der er klarsichtiger Weise seinem Text, den er vorspielte, beim Entstehen zusah – lange vergessen, verdrängt. Sein eigener Beschrieb war ihm inzwischen einzige Realität geworden, als ob es nicht tausend Möglichkeiten gäbe, sich der Meta-Wirklichkeit zu versichern, einen Pfad in die Existenz zu legen. Auf dieser Spur aber konnte er vielleicht doch zurückfinden: die Versteinerungen aufweichen. Das Erstarrte rückschmelzen.

Er erinnerte sich nun, wie er damals versucht hatte, das aufzulösen, was ihn bestimmen wollte, was ihn festschrieb: Verhalten, Meinungen, Selbstverständlichkeiten, Grundsätze. Er hatte immer wissen wollen, woher diese kamen, wie sie entstanden sind, wie sie in seinen Kopf hineingekommen waren. Und warum er sie als selbstverständlich akzeptieren sollte. Er brauchte sie nicht zu akzeptieren. Er konnte nachdenken. Er konnte wählen.

Er musste, um wenigstens sich vor sich selbst zu rechtfertigen und seine Vorstellung von Gott und der Welt auf einen Nenner bringen zu können, doch wieder wagen, die eine mögliche Erzählung zu finden, seine eigene individuelle diesmal. Das konnte er nur durch einen analytischen Akt der Dekonstruktion aller Konstrukte, die ihn aufgebaut hatten, der restlosen Aufzählung von allem, was zu dieser Gegenwart führte, in der er sich befand. Alle Fäden, die sich im Jetzt zum Knäuel verknoteten, mussten entwirrt und als Einzelstrang weiterverfolgt werden. Oder aber, dieser Gedanke kam ihm, er musste den Knoten durchschneiden, die Fäden trennen, und radikal und synthetisch ein neues Verständnisnetz knüpfen: Welches er überschauen konnte, weil er es selbst hergestellt hatte. Synthetischer Aufbau – natürlich eine Illusion, er konnte für sich nicht eine ganze Welt entwerfen, immer war er auf Vorarbeit und damit auf Vorgänger angewiesen. Und doch war dies von ganz anderem Gewicht als eine festgelegte Glaubenserbschaft, widerspruchslos übernommen. Es lag nur an ihm, was er verwarf und was er weitertrug: Mit leichten Bällen jonglierend, konnte er anfangen zu tanzen. Er beschloss, sofort einen dieser Bälle zu ergreifen und hochzuwerfen: seinen Kinderglauben, die religiösen Überzeugungen, mit denen er aufgewachsen war.

**

Hier war eine der Schaltstellen, die Verhalten, Empfinden, Gefühlsäußerungen konditioniert hatten und, wie er inzwischen wusste, eher zu seinem Schaden – eben zu dem, was er war. Lebensfeindlichkeit, Körperfeindlichkeit: zwar nicht als Extremfall des asketischen Lebensideals, aber als Zustand des eingezäunten Lebens, des Lebens auf Distanz. Mit seinem Berührungstabu und dem Tabu der Exaltiertheit, der Entblößung, dem Tabu der Nähe.

Er war nicht der Meinung, dass er als Erwachsener keinen Frömmigkeitsglauben mehr brauchte – er wollte etwas, dem er sich auch instinktiv zuwenden konnte: in Todesangst, im Fallen, im Außersich-Sein; eben dann, wenn es auf den Unterschied von Glauben oder Nichtglauben wirklich ankommt, jenseits theoretischen Nachsinnens darüber. Und er wollte etwas, was des Nachts in seinen Träumen, wie tagsüber in seiner Reflexion, gültig war: Was in beidem Bestand hatte.

Das alles war sein Kindheitsglaube auch, aber was ihm daran von Anfang an nicht gefallen hatte, seit er darüber nachgedachte – (er erinnerte sich an die nächtlichen Gespräche mit seinen Geschwistern, als Zehn- oder Zwölfjähriger, an die verschlafenen Stimmen der Antwortenden in ihren Betten, an sein drängendes Immer-weiter-Fragen, bis von den anderen nur das Schweigen Schlafender zurückkam oder das empörte Poltern nach Ruhe) – was ihm an diesen Vorstellungen nicht gefiel, war diese Unterströmung von Furcht und Bestrafung, untrennbar verbunden mit dem Versprechen auf Erlösung, welches in den Vordergrund gestellt wurde.

Erlösung von was und für wen? Es lief alles auf einen exklusiven Club von Glaubensbesitzern hinaus, die sich eben durch ihre Clubmitgliedschaft von den anderen unterschieden und deswegen erlöst wurden – die anderen waren verdammt (und mussten irgendwie, wenn nötig mit Gewalt, zu ihrer Erlösung gebracht werden). Und man selbst wurde zu einem der „Anderen", wenn man anfing zu zweifeln. Was nahe lag, da, genauer hingeschaut, der Inhalt seiner Religion nicht sehr logisch war und irgendwie nicht vollständig, sondern recht einseitig. Es gab nicht nur ein umfassendes Allwesen, sondern eine Triade von Gotteswesen, die aber, als Vater, Sohn und Geist, eine Hälfte der real existierenden Welt einfach negierte: die weibliche Seite. Auch diese gab es selbstverständlich, aber: nachgeordnet. Später, im Bild der Muttergottes, wieder eingeführt. Es widersprach seinem Gefühl für das Gefüge der existenziellen Zusammenhänge völlig, dass etwas so für das menschliche Leben Fundamentales wie das Verhältnis eines kleinen Kindes zu seiner Mutter nicht auch die Grundlage des religiösen Empfindens und des theologischen Konzeptes war. Mehr an Anfang als hierbei gab es ja nicht, und an den Anfang musste ein Glaube doch rühren, wenn er Wirkung haben sollte. Ursprung, Beginn war eines der Themen, um die es ging, jenseits aller wissenschaftlichen Vorstellungen davon: Als emotional aufgeladenes Bild, das stark genug war, um Zuneigung, Verehrung, Glauben möglich zu machen.

**

Die Skeptiker und Agnostiker hielten sich an ihrer Nichtbereitschaft zu glauben wie an einem Markierungspfosten fest, einem tief verankerten Signalmasten im Meer der Illusionen, während rings um sie die Flut der Ignoranz und der

Wunscherfüllungsidiotien anwuchs und alles wegspülte; sie hielten sich damit ebenfalls an einen letztbegründeten Glauben, der sie überleben ließ. Er dagegen war bereit, auch diese Skepsis fahren zu lassen, den Griff um den Pfahl zu lösen und sich auf das Wagnis einer neuen, irrationalen Gläubigkeit einzulassen. Wenn alles gleich gültig war, war es auch gleichgültig in welcher Form er sich selbst in der Schwebe hielt.

Denn darum ging es: Er hielt sich in der Schwebe, während sich in ihm Ballast ansammelte, der ihn daran hinderte, in Nichtigkeiten umhergetrieben zu werden. Und der Ballast war all das, was zu schwer war, um von ihm allein ertragen zu werden: Leid, Schmerz, Verlust – Gewicht des Daseins. Das, was ihm helfen sollte, damit ins Reine zu kommen, war Glaube. Aber ein Glaube, den er selbst erschaffen hatte. Um über dieses Paradoxon sich die Schwebeleichtigkeit zu erhalten. Seine Skepsis gegenüber allen tradierten Glaubensvorstellungen konnte er genauso wenig aufgeben, wie seine Erfahrung verleugnen, in eine umfassendere Existenz als seine eigene eingebunden zu sein – daher seine Lösung: das Unbekannte zuzulassen, wie tief- und weitreichend es auch sein mochte, ihm aber eine Gestalt zu geben, die er, wie er meinte, kontrollierte, weil:

selbsterzeugt. Das führte zu dem Schritt, sich einen eigenen Glauben zuzulegen.

**

Dafür wählte er sich das Bild der Göttin – durch die Geschichte hindurch ständig wechselnd, ständig in neuen Ausdrucksformen gegenwärtig. Natürlich wusste er über die Fundstücke aus der Vorgeschichte Bescheid, welche die ersten religiösen Äußerungen (wenn es denn solche waren) mit dem Bild der Großen Mutter, der Urfrau, der Muttergöttin zusammenbrachten. Er wusste auch, wie sich später andere Formen der Religion im Konflikt dazu entwickelt hatten. Wie jede dieser Formen ein spezielles Angebot an die Gläubigen war, deren Sehnsucht nach Sinn und nach Einverständnis mit dem Schicksal aufzunehmen. Jede Form gleichzeitig Leistung und Beschränkung – jede neue Offenbarung Befreiung von vorheriger Beschränkung, innerhalb neuer und anderer Grenzen. Angebote, die Bedürfnissen entsprachen, sonst hätte sich keine religiöse Gestalt durchgesetzt, wie sehr sie auch propagiert worden wäre. Und wenn er selbst auch unmittelbarer die Grenzen der religiösen Ideen, mit denen er aufgewachsen war, spürte, konnte er doch nicht wirklich zu der ursprünglichen Form der

Muttergöttin zurückkehren, wie sie vielleicht einmal bestanden hatte. Auch deren Beschränkungen waren zu Recht überwunden worden. Keine dunklen Rituale, keine Blutopfer für die Fruchtbarkeit der Felder, kein ewig kreisender Zyklus von Geburt, Tod und Widergeburt im Gleichen.

Die Göttin, die er sich nun erschuf, sollte vor allem warme, liebende Vitalität sein, Umarmung und Zuneigung. Sie sollte Leben geben und erhalten; sollte Überfluss und Hervorströmen sein. Sie sollte nachts im Traum anwesend sein und dem Aufwachenden ihre belebende Wirkung mitgeben. Sie sollte ihn kreativ werden lassen, ihn mit dem Leben wieder versöhnen. Sie sollte ihm das Sprechen zurückgeben, das Mitteilen, die Zärtlichkeit, die Energie. Sie war im Rausch und in der Klarheit. Ihr Element war das Wasser, das Hin- und Herfluten, aus dem sie auftauchte, in das er eintauchte, um bei ihr zu sein. Ihr Attribut war das lebendige Holz, die Pflanzen, der Baum, der Wald. Wärme und Licht war ihre Anwesenheit. Dunkelheit ihre Tröstung. Geschlechtliche Anziehung ihr Medium. Natur ihr Kleid. Gedankenlicht ihre Epiphanie. Mitgefühl ihr Zentrum.

**

Als er die Elemente beisammen hatte, mit denen er seine Göttin ausstatten wollte, zögerte er. Er wusste, jede Eigenschaft hat ihren Schatten, einen Gegenpart. Und dieser konnte nicht wirklich ausgeschlossen werden, nicht ohne, den Preis des Verdrängens. Aber er wollte auch keine negativen Eigenschaften aufnehmen, kein Zerstörungspotenzial, keine Wutorgie, keinen besinnungslosen Amoklauf – also blendete er die dunklen Seiten der Alten Göttin aus seinem Bild aus.

Dieses Vorstellungsbild war jetzt die Matrix seiner religiösen Empfindungen, von ihm dafür geschaffen, wieder solche Empfindungen haben zu können. Um sich selbst wieder ganz zu machen. Um wieder Tiefe zu haben.

**

Er hatte sich selbst einen Glauben gegeben, glaubte an den Glauben, wusste aber auch, dass hier ein Stolperstein lag, über den man nur zu schnell fallen und in ein neues Gefängnis stürzen konnte. Wie viele Propheten, wie viele Verkünder einer neuen Lehre hatten irgendwann vergessen, dass sie die Maler dieser Bilder gewesen waren, dass sie es gewesen waren, die ihre emotionale Energie in eine Gestalt verkörpert hatten: zur Steigerung, zum Wirkungsmächtig werden. Es war ihnen entglitten, ihnen und ihren Anhängern, und nun beteten sie eine Außenmacht an, schickten ihre Hoffnungen, Wünsche, ihr Flehen in den Weltraum, als ob irgendwo dort oben jemand säße, der sie hören könnte.

Solange er aber jonglierend weiterging, die Bälle in Bewegung haltend, in der Bewegung kontrollierend, wusste er immer, dass er der Jongleur und die zauberische Gestalt der fliegend-stillstehenden Kugeln sein eigenes Werk war.

**

Seitdem er sich auf das Experiment der Erschaffung einer Göttin eingelassen hatte, änderte sich zumindest eines: seine Träume. Sie wurden ihm vertrauter, lebhafter, er erinnerte sich nach dem Aufwachen deutlicher an sie. Das war Teil dieses Entwurfes: Tag und Nacht nicht mehr auseinanderfallend, sondern in Eins verschränkt. Aber seine alltägliche Situation war die gleiche geblieben: dieselbe Unzufriedenheit, dasselbe Ungenügen.

Er beschloss, einen seit Jahren hinausgeschobenen größeren Urlaub anzutreten, ja, sich mindestens für ein halbes Jahr aus allem auszuklinken was ihn hielt. Es war nicht einfach. Nur der Hinweis auf einen sonst drohenden Zusammenbruch

(Er sprach mit einem verständnisvoll zuhörenden Arzt darüber, der ihm ein Attest ausstellte), das Versprechen, regeneriert und mit neuem Schwung zurückzukehren, und die Zauberformel des unbezahlten Urlaubs machten es möglich. Im Übrigen sollte er in Verbindung bleiben, ansprechbar, verfügbar: Was er versprach, jedoch nicht unbedingt einhalten wollte.

Er hatte vor zu reisen. Und er hatte sich ein Projekt vorgenommen, dass ihn schon seit einiger Zeit beschäftigte. Es ging um eine Familiengeschichte. Um ein Rätsel aus seiner Kindheit. Vielleicht kein wirkliches Geheimnis, aber für ihn als Kind war es so gewesen. Hier konnte er einen weiteren Faden aufnehmen, der ihn mit seinen Wurzeln verband, prüfen, was davon noch zu ihm selbst führte. Ein weiterer Ball für den Jongleur.

**

Sein Großonkel, von Beruf Komponist, den er nicht mehr selbst erlebt hatte, war für ihn eine mystische Gestalt gewesen, ein Kulturheros, gesehen durch die Augen seiner Großmutter. In ihren Erzählungen über ihren Bruder verwob sich Respekt und Verehrung zu einer lichtvollen Aura der Verklärung, und was für sie gegenwärtig Erinnerung, war für den kleinen Jungen längst versunkene

Vergangenheit. So hatte er jetzt Schwierigkeiten, in dem Andachtsbild, das ihm übermittelt worden war, eine reale Person aufzufinden. Aber einmal auf die Fährte gesetzt, versuchte er sich nun dieser realen Person zu nähern. Es war ihm nämlich mit der Zeit bewusst geworden, dass – bei aller Verehrung und Verklärung – eine unbequeme Tatsache nicht zugedeckt werden konnte: sein Großonkel war gescheitert. Sein wichtigstes Werk, sein Lebenswerk als Komponist, war nie zu Ende geschrieben worden. Fragmente, Entwürfe, Werkalternativen als Ergebnis einer zwanzigjährigen Beschäftigung mit dem Opus Magnus: ohne Abschluss, mit dürftigen Entschuldigungen. Sogar in den Worten seiner Großmutter, bei der er nie auch nur einen Hauch von Kritik an ihrem Bruder bemerken konnte, fand sich der Beleg für eine Sperre, ein Unvermögen, ein Verfehlen. Und gerade das machte ihn neugierig auf das Hintergründige dieser Lebensgeschichte, nach dem er als Erwachsener, lange nach dem Tod seiner Großmutter, wieder darauf gestoßen war: Zufällig, dem Netz seines Familienzusammenhangs folgend, um einer Cousine die nähere und weitere Verwandtschaft erklären zu können.

**

Auch fühlte er sich von dem Stoff angezogen, der dem Werk zugrunde liegen sollte: das Wasserwesen Undine, frei nach der Erzählung von Fouqué. Ein halb verklungenes Echo der großen Göttin des Urwasserchaos in der romantischen Verkleidung des 19. Jahrhunderts, als Feen – und Zaubermärchen, in dem die (vorübergehende) Verbindung mit dem Element des Wassers, der Quelle des Lebens, Motiv war: Mehr wusste er nicht über die ungeschriebene Oper seines Großonkels.

Seine eigene damit verbundene Erinnerung war ein Bild, eingeprägt in sein Gedächtnis: Großmutter – aus der Perspektive eines Kindes gesehen – stand neben dem schwarzen Klaviermöbel, seine Tante saß davor, spielte fließend-wogende Tonläufe, und voller Emotionen sang seine Großmutter von der Verführung durch die Wasserwelt, als vergebliche Warnung an den Held des Stückes. Nur diese einzelne Szene hatte sich in der Familientradition erhalten, Fragment und Hinweis auf mehr. Sein Großonkel war noch vor dem ersten Weltkrieg nach Amerika gegangen und nur einmal auf einen kurzen Besuch zurückgekehrt, sonst aber bis zu seinem Tod in den USA geblieben. Eine Tochter und deren Kinder und Kindeskinder lebten dort: Wenn, dann konnte er bei ihnen mehr über das Leben seines Großonkels und über das

Schicksal der Oper erfahren. Das war sein Vorhaben. Ein Anlass und Alibi zugleich für eine Reise aus der Enge ins Neue, ins Unbekannte.

** **

Eine Überraschung gab es, als er den Namen des Ortes herausfand, an dem seine Tante lebte: Woodstock. Für ihn mit einer bestimmten Vorstellung verbunden, Synonym für den Aufbruch einer ganzen Generation – ja, wohin? Dorthin, wo niemand wirklich ankommt und auch niemand angekommen war: in ein befreites, lustvolles, inspiriert-spontanes Leben – Verlorene Träume, verlorene Träumer...

Aber, wie ihm seine Tante auf der Fahrt zu ihrem Haus erklärte, Woodstock hatte nichts damit zu tun, eigentlich fand das berühmte Festival auf einem Acker der Nachbargemeinde statt; Woodstock stand für einen viel früheren Aufbruch und Traum: Hier siedelten New Yorker Künstler auf der Suche nach dem richtigen Leben (außerhalb des falschen) in der späten Nachfolge von William Morris und seiner Arts-and-Crafts-Bewegung, gründeten eine Künstlergemeinschaft in den damals noch einsamen Wäldern. Bis heute prägte dies den kleinen Ort. An der Hauptstraße lag Galerie neben Galerie, lagen Läden für

Kunsthandwerkliches neben Läden für Tourismuskitsch, dazwischen Bistros und Restaurants. Jedoch war, der Jahreszeit entsprechend, das Wetter trüb und niederdrückend, es war kalt und ungemütlich, ein feucht-klammer Herbsttag. Sonst wäre er gerne die Straße entlangspaziert, hätte befreit als Vergnügungsreisender agiert: endlich unterwegs, endlich losgelöst.

**

Sie fuhren durch ein ausgelichtetes Waldgebiet mit hochstehenden, überwiegend Nadelbäumen und wenig Unterholzgestrüpp, im Übergang zu den tiefen, unwegsamen Wäldern der Catskills. Links und rechts waren Abzweigungen zu halbversteckt zwischen den Bäumen liegenden Häusern; Ausblicke aus Küchenfenstern, schwarzgraue Schindeldächer. Als sie zu ihrem Haus abbogen und vor dem Eingang hielten, raschelte es im Gebüsch neben dem Weg, und ein, wie es schien, ziemlich großer Körper drängelte sich eilig davon. Ein Waschbär, meinte seine Tante. Er hatte noch nie einen außerhalb eines Zoos gesehen und freute sich bei dem Gedanken, morgens inmitten fremdartiger Tiere aufzuwachen, von unbekannten Vogellauten aufgeweckt zu werden.

Das Haus vor ihnen war einfach, im typischen Stil der Gegend, er bewunderte die Fügung der Verplankung, den Bogen der Eingangstür, die Unkompliziertheit der Fensterrahmendetails, die Schlichtheit. Nichts, was großartig wäre, nur: angemessen.

Was von dem, was ich bisher geplant habe, erreicht diese Selbstverständlichkeit? Im gleichen Augenblick, als ihm dieser Gedanke kam, fragte er sich: Wann wollte ich mich überhaupt mit Selbstverständlichkeiten abgeben? Immer musste alles neu erfunden und ungewöhnlich sein, damit es nicht im Alltagsbanalen unterging: Jeder Bleistiftstrich eine neue Schöpfung. War er den falschen Weg gegangen? War der Drang zur Neuschöpfung nicht in Wahrheit ein gewalttätiger Zugriff auf die Realität, um sie neu definieren zu können, um sie dem Diktat eines absoluten Neubeginns zu unterwerfen? Kein Winkel außer dem rechten zulässig, keine Fläche außer der ebenen, keine Farbe außer weiß – oder, im Gegenteil: nur das Bunte, Windschiefe, Krumme – aber niemals, niemals das bisher Gewesene, selbstverständlich Gewordene. Und warum? Weil dieses Selbstverständliche eine untergründige Veränderung durchgemacht hatte, es war nur noch die billige Kopie sinnvoller Formen der Vergangenheit, massenhaft reproduziert, ins Sinnlose entwertet, gab er sich selbst zur Antwort.

Hier rührte er an eine Debatte, die erbittert geführt worden war, noch nicht entschieden, noch immer nicht beendet, aber irgendwie substanzlos geworden, irgendwie im Abseits. Vor allem aber: nur noch Luftgefechte erdgelöster Selbsttäuscher; ging es nicht schon längst nur noch um die Herstellung eines gewünschten Images? Konnte sich nicht jeder aus dem Internet Kolonialstilfassaden ausdrucken lassen und in Auftrag geben? Ist auf der anderen Seite der Überraschungseffekt amorpher Formen und bizarrer Szenerien längst keiner mehr und die Selbststilisierung als schöpferische Neufindung nur durchschaubare Händlerphrase? Jede Position ließe sich am Ende auf ein Verkaufsargument reduzieren, daher, für ihn: auf kein Argument. Und: bei so vielen Standpunkten war ihm der eigene verloren gegangen. Seine Geschichte...

Doch was blieb? Das zögerliche, zärtliche Streicheln einer altersfleckigen, vielfach gestrichenen Holzbohle, bevor er seiner Tante ins Haus folgte. War das die Antwort: Authentizität?

**

Seine Tante wartete im Hauseingang auf ihn und ging ihm in den Wohnraum voraus. Da er ihr am

Telefon erzählt hatte, was er suchte, war sie schon auf ihrem Dachboden gewesen, hatte dort gekramt und einen Koffer aufgestöbert, den sie ihm nun herunterbrachte. Gemeinsam sahen sie die angegilbten Papiere durch, die dieser enthielt: alte Zeitungsausschnitte mit Konzertkritiken, Berichte über gesellschaftliche Ereignisse, Programme von Liederabenden, Partituren, ein Kinderliederbuch – und viele Fotos als Dokumentation eines in die Vergangenheit versunkenen Familienlebens. Für ihn historische Dokumente, für seine Tante Erinnerungsmarker, die sie in das Gewesene zurückführte.

Er merkte, wie sie von ihrem Vater abkam (auch für sie war sein Leben vor ihrer persönlichen Erinnerung nur Geschichte und Geschichten) und in ihr eigenes Leben glitt, als sie die Fotos erklärte. Sie war Tänzerin gewesen; hier ein Bild von ihr und ihrem Vater, als sie sich von ihm verabschiedet hatte, um in Europa weiter zulernen: Eine lange Schiffsreise, und sie war erst siebzehn und fuhr allein nach Österreich, ungewöhnlich für die damalige Zeit...

Hier ein Bild von ihrem Vater und ihrer Mutter: Im Hintergrund ein klassizistisches Gebäude, eine weite Parklandschaft; so hatten sie gelebt (sie war damals noch ein Baby), eingeladen von Mr.

Frederick W. Vanderbilt, einem der reichsten Er-
ben seiner Zeit und Mäzen. Ihr Vater war sein
Schützling gewesen, eine Beispiel für den Kultur-
sponsoring (würde man heute sagen) des Mr.
Vanderbilt: Aufgewachsen war sie daher in einem
kleinen Nebengebäude im Park eines herrschaft-
lichen Landhauses auf einem Hügel oberhalb des
Hudsons, dort, wo der Fluss in einer weiten Talaue
aus den Wäldern und Bergen des Nordens nach
Süden strömt, hin zu der Stadt, die das eigentliche
Zentrum des Wirtschaftserfolges und des gesell-
schaftlichen Lebens war: New York. New York vor
dem Krieg. Dem Ersten Weltkrieg.

Morgen werden wir das Gelände und das Herren-
haus besuchen, man kann es besichtigen. Der Be-
sitz ist teilweise an ein College vermacht worden,
es gibt dort im Park Institute, Seminarräume,
Hörsäle; Studenten wohnen dort; aber das Haupt-
haus ist restauriert und als Museum erhalten worden.

**

Der nächste Tag war eigentlich zu ungemütlich für
einen Ausflug: Ein kalter Wind, Dauernieselregen,
ein nebelverdüsterter Himmel. Trotzdem machten
sie sich auf den Weg, eine gute Stunde Fahrt lag
vor ihnen. Unterwegs erzählte seine Tante ihm die

Geschichte, wie Mr. Vanderbilt in das Leben ihres Vaters gekommen war. Dieser war in New York auf der Straße zusammengebrochen, da er seit Tagen nichts mehr gegessen hatte. Sein Geld ging zu Ende, und mit dem wenigen, was er noch hatte, kaufte er Lebensmittel für seine Frau und das Baby. Er erzählte ihr nichts davon, ging aus dem Haus und erklärte, unterwegs zu essen: Irrte aber nur in der Stadt umher, verzweifelt und erschöpft. Bis er kraftlos stürzte und ins Krankenhaus gebracht wurde. Zeitungen berichteten über den Fall (heroischer Selbstaufopferung), ein reicher Mann interessierte sich dafür und fand einen sympathischen jungen Komponisten, voller Ideen für eine große Oper; in Amerika gestrandet, nachdem er auf gut Glück seinem Librettisten dorthin gefolgt war, um ihn zum Weitermachen an ihrer gemeinsam begonnenen Arbeit zu überreden.

Der reiche Mann entschloss sich, dem jungen Künstler zu helfen, bot freie Unterkunft auf seinem Landsitz für ihn und seine Familie, bot finanzielle Unterstützung, damit er ohne Sorge an seiner Oper arbeiten konnte. Nahm ihn in seinen Haushalt auf und half ihm mit seinen Beziehungen. Das war Mr. Vanderbilt. Das war der unerwartete Glücksfall im Leben ihres Vaters.

**

Als sie am Ort ankamen, nieselte es noch immer vom grauverhangenen Himmel, der Fluss drunten in der Ebene zeigte sich silbrig-bräunlich, undeutlich im Regendunst verschwimmend. Die Anhöhen auf der anderen Seite waren nur als schattenhafte Silhouetten erahnbar: Unter einem blauen Himmel, im vollen Sonnenschein, musste es eine herrlich offene und anziehende Landschaft sein; der Hügelzug, auf dem der Landsitz lag, bot dann den berühmten Panoramablick von Südwest bis Nordwest auf die gegenüberliegenden Silhouetten der Catskills und den davor fließenden Hudson. Es war dieser Blick auf das Tal und auf die Villen der anderen „Räuberbarone des 19. Jahrhunderts" (Diese Bezeichnung hatte er vor kurzen irgend-wo gelesen), der die Reichen der damaligen Zeit an diesen Ort gezogen hatte. Hier war das sommerliche Arkadien der New Yorker Gesellschaft gewesen; er versuchte, sich das Leben seines Großonkels vorzustellen, im Haushalt des Mr. Vanderbilt: Halb Gast, halb Unterstützungsbedürftiger, geschätzter Künstler und alimentierter Hofkomponist.

Und was war für ihn der Hudson drunten gewesen: Inspirationsanblick für die Arbeit an seinem

Zaubermärchen von der Wasserfee (dem Flusswe-
sen, der Quellnymphe, der rächenden Elementar-
gewalt am Ende)? War der breitströmende Fluss
ihm so vertraut geworden, wie ihm, am Anfang
der Arbeit zu Hause in Deutschland, die Quellen,
Bäche und Flüsse seiner Kindheit vertraut gewesen waren? Nicht weit in die Ferne einladend wie
hier, sondern in engen Tälern und harmlos bescheiden: Das Flüsschen Blau und sein Quelltopf,
sowie die Obere Donau; noch nicht der mächtige
Strom, wie Hunderte Kilometer weiter. Und diese
waren Kulisse und Motiv auch für eine andere Erzählung um ein Wasserwesen, die Historie von der
schönen Lau, die sein Landsmann E. Mörike fan-
tasiert hatte und die ihm seit seiner Schulzeit nahe
gewesen sein musste, war seinem Großonkel doch
jede dort beschriebene Örtlichkeit zugänglich und
nacherlebbar.

Er selbst, aufgewachsen zu einer anderen Zeit,
aber am gleichen Ort, kannte auch diese Landschaft und ihre eher bescheiden anrührende Was-
serläufe – versteckte Rinnsale am Waldhang,
schilfbesäumte Weiher, klare Wasser, die durch
Pflanzengestrüpp über moosige Steine flossen,
mit winzigem, krabbelndem und hin und her flit-
zendem Getier, Käfer oder Wasserlarven – er erinnerte sich an diese Orte der Begegnung mit dem

Zauber des Elementes. Und auch an den eigentlichen Schauplatz des Märchens: Am Ende eines enger werdenden Tals gelegen, eine baumumstandene Wasserfläche, dunkelgrün im Schatten des Steilhangs, milchig-hellblau glitzernd im sonnenbeschienenen Abschnitt, spiegelglatt unter der windschützenden Felswand. Erfrischende Kühle am heißen Sommertag, fröstelnde Frische in den Dämmerungszeiten, unheimlich in der beginnenden Nacht, wenn man zu lange dageblieben war.

Die Schöne Lau wohnte tief unter der Oberfläche, man konnte sich in den wassergefüllten Abgrund hineinträumen und sich die Schatz- und Wohnhöhle drunten ausmalen, in der die Verbannte sich tagsüber verbarg, um nur in der Nacht in der Mühle zu erscheinen, die man auf dem Weg zum Quelltopf passiert hatte. Diese war für die Touristen wiederhergerichtet worden, das schwere, unterschlächtige Wasserrad trieb ein Hammerwerk, welches Selbstzweck war, aber klangmalerisch-atmosphärische Geräusche produzierte.

Unheimlich war auch der Gedanke an die toten Taucher, von denen erzählt wurde (oft kam ein solches Unglück wohl nicht vor, aber zu dem Ort gehörten diese Art Geschichten...). Sie waren untergetaucht, um den zerklüfteten Grund zu erforschen und in das Höhlensystem einzudringen, aus der die starke Strömung herausdrückte, waren gegen die Decke gepresst worden und konnten sich nicht mehr befreien, bevor ihr Sauerstoffvorrat zu Ende ging.

Nach ungewöhnlich lange andauernden oder besonders heftigen Regenfällen sprudelte das Wasser wie kochend aus der engen Röhre, die am Grund des Blautopfs Quelle in der Quelle war, elementare Gewalt demonstrierend, zerstörerische Kraft, nicht gebändigt noch zu bändigen. Dann überschwemmte das normalerweise fast als Rinnsal vor sich hin plätschernde Flüsschen auf seinem kurzen Weg zur Donau das gesamte Urstromtal, füllte es aus von einem Steilhang zum anderen, diese zum Ufer des wiedererstandenen alten Gewässers machend, welches sich einst seinen Weg durch die Kalkplatte der Alb gefurcht hatte – wie im Widerschein einer längst vergangenen, vormenschlichen Zeit.

Sonst aber war der kleine Fluss ein harmlos-erfrischender Bewässerer der Gärten an seinen Ufern, Spielplatz der Kinder, die ihre Schiffchen in die Wellen setzten, nur um sie einige Meter weiter aus den sich in der gemächlichen Strömung wiegenden Wasserpflanzen befreien zu müssen.

Belebung, Erfrischung, Kühlung in der Hitze des Sommers, oder aber reißende Überschwemmung und Zerstörung von allem, was den Fluten im Weg war: das waren die zwei Seiten des Elementes; lebenswichtiges Geschenk und lebensbedrohende Gefahr. Die alten Bilder dafür drückten diese Ambivalenz aus: Nixe und Nöck, Nymphe und Undine spendeten Fruchtbarkeit bringende Wassergaben oder überfluteten in ihrer Kränkung ganze Landstriche.

**

Sein Großonkel hatte wohl alle diese Mythen und Wasserassoziationen im Bewusstsein, als er sich die Geschichte der Wasserfee für sein Opernlibretto aussuchte, Sinnbild für eine elementare Lebenssubstanz und Sinnbild für einen Zustand des Lebens, in dem Verhärtetes aufgeweicht wird, Vertrocknetes wiederbelebt, aber auch die Flut alles überschwemmen und alle Strukturen auflösen kann.

Wenn Emotionen wie eine Springflut anschwellen, alles überrollend und in Gischt ertränkend, unrettbar alle Besonnenheit und Vernunft mit sich reißend und ins Schwimmen bringend, die Dämme der Selbstbeherrschung brechend und mühsam aufgebaute Verhaltensweisen wegspülend, dann zeigt sich gewalttätig Elementares der Psyche

43

analog zur Naturgewalt: Wir stehen genauso fassungslos vor der Zerstörungsspur der Überschwemmung durch den über die Ufer tretenden Fluss, wie wir verstört vor der unseren Grund aufwühlenden Gefühlsüberflutung stehen.

Oder aber, wir erleben genauso dankbar das belebende Auftreten einer als Quelle empfundenen Kraft in uns, wie wir von dem Besondersein eines Ortes berührt werden, an dem ein kräftiger Wasserstrahl oder auch nur ein -gerinnsel aus der Erde auftaucht und als Quellflüsschen weiterfließt. In unseren Träumen steigt die Flut, wenn unsere Gefühle in Aufruhr sind, Wasser quillt aus allen Ritzen und Spalten, unvermutet brechen Quellen auf, in den zusammenströmenden Fluten drohen wir zu ertrinken, wenn wir es nicht schaffen, uns schwimmend über Wasser zu halten. Und Schotten wir uns deswegen von dieser Gefahr ab, verdorren unsere Gefühle, abgeschnitten von der sich ständig wiederauffüllenden Quelle.

Undinen und Nixen verbildlichten beides: Verlockung durch Leidenschaft (stärker noch in einer Gesellschaft, die den Sex bedeckt hält), Belebung durch Auffrischung der Gefühlswelt. Wie die Musik seines Großonkels wohl diese Aspekte verkörpert hatte? Gab es noch mehr Fragmente als das, welches in seinem Teil der Familie gehütet worden war? Um das herauszufinden war er jetzt hier. Um ein Rätsel zu lösen.

Eintauchen und sich verbinden mit der Wassersphäre: das war das Hauptmotiv dieses Stoffes; die Sehnsucht nach Undine führt in den Bereich der Flüsse und Flussursprünge, dorthin, wo das Leben in Fluss kommt und aus Tiefen aufströmt: Das Bild des Hudsons vor Augen, schrieb sein Großonkel in seiner Musik davon. Und was war der innere Grund (äußere gab es gewiss viele), warum er dabei ins Stocken geraten war?

**

Das imposante (man könnte auch sagen: pompöse) palastartige Mansion war zu besichtigen, ein zeitfernes Echo der Villen Palladios in Italien, dem Arkadien jener Epoche, ebenso die neuen Collegebauten, die diskret und geschickt in das parkartige Gelände eingepasst worden waren; nur die früheren Nebengebäude, der Ort der Kindheit seiner Tante, waren nicht mehr da, abgerissen, um für den Studienbetrieb Platz zu machen.
Der Tag verdüsterte sich immer mehr; die, wie seine Tante versicherte, wunderbaren Baumindividuen, die weiträumig in Gruppen oder einzeln die Hügelkuppel bewuchsen, waren als bizarre, unbestimmte Umrisse mehr zu ahnen als zu

sehen. Sie machten einen halbherzigen Versuch, das weitläufige Grundstück zu erkunden, suchten einen bekannten Aussichtspunkt auf, von dem aus das ganze Tal zu überblicken gewesen wäre (wie sie sagte), wenn die Sicht weiter gereicht hätte. Fröstelnd standen sie dort im allmählich in wirklichen Regen übergehenden Nass, unlustig weiterzumachen. Deshalb blieben sie nicht lange, verzichteten auf das geplante Picknick im Park, besuchten aber auf dem Rückweg ein Nachbaranwesen aus der damaligen Zeit, das Landhaus der Familie Roosevelt: Gegenüber der Pracht der Vanderbilts fast schon familiär-bescheiden, obwohl, für sich genommen, noch immer Abbild der amerikanischen Aristokratie.

**

Am Abend spielte ihm seine Tante einige Lieder ihres Vaters auf dem Kassettenrecorder vor, eine Sängerin hatte diese für sie vor einigen Jahren auf Band aufgenommen. Er lauschte der klaren Stimme und der einfachen, rhythmisch akkordierenden Klavierbegleitung; die Melodie war direkt und verhalten, Freude und Melancholie vermischt, komplex unter einer volksliedhaften Schlichtheit. Nun war ihm plötzlich die Stimme seines eigenen Vaters gegenwärtig. Er erinnerte sich, wie dieser am Klavier saß und Lieder seines Onkels sang: Ein Kindheitsbild aus einer sonst vergessenen Vergangenheit, weit entfernt vom Heute. Er hatte es als kleines Kind geliebt, neben dem Klavier zu sitzen und seinem Vater zuzuhören, die tiefen und die hohen Töne entstanden und vergingen, die angenehme, warme Stimme erfüllte den Raum und führte ihn woandershin. Radio, Schallplatte und später Fernseher hatten irgendwann diese Art der Feierabendbeschäftigung abgelöst, auch war sein Vater durch den Beruf mehr und mehr belastet gewesen, das Musizieren verschwand und wurde von ihm vergessen. Jetzt erinnerte er sich daran.

**

Seine Tante holte die Schachtel mit den Papieren und Fotos wieder hervor und zeigte ihm einige Zeitungsausschnitte mit Kritiken. Alle wohlwollend, alle begeistert lobend, aber so, dass ihr Vater irgendwie in Gegensatz gebracht wurde zu den „modernen" Tendenzen in der Musik, an die Front eines Kampfes gegen Dissonanzen, Erneuerung um jeden Preis, Effekthascherei, wie der damalige Aufbruch der Neuen Musik charakterisiert wurde. Sein Großonkel wurde als später Erbe der Romantiker gelobt und damit in Wirklichkeit, von heute gesehen, als Epigone diffamiert.

Er war ein feinfühliger, tiefer, erfindungsreicher Komponist, soweit er das beurteilen konnte, harmonischer Minimalist manchmal; vergessen, weil er auf der falschen Seite stand, in einer Auseinandersetzung, die ihn überhaupt nicht berührte: Es gab kein rückwärtsgewandtes Manifest von ihm, kein Aburteilen der Moderne, er hatte einfach seine Art von Musik geschrieben, unbeirrt von dem, was ihm nicht lag. Und war seine Haltung nicht wieder aktuell?

Die Musik seines Großonkels stellte ihn vor dieselbe Frage, die sich ihm auch in der Architektur aufgedrängt hatte: War die Spirale der immerneuesten Grenzerweiterung nicht ein Fortstürmen ins Absurde, weil nur noch Selbstzweck? Er unterschrieb, dass neuentwickelte Materialien oder neue Techniken, neue Medien ungeahnte neue Formen möglich machten und hervorriefen, dass ein neues Lebensgefühl sich in ihnen wiederfinden und Ausdruck werden konnte. Das war immer so gewesen; und auch der Widerstand gegen Erneuerung, geboren aus Angst, Starrsinn und Treue, war im Hin und Her jeder Entwicklung programmiert. Aber gab es Entwicklung überhaupt noch, war es nicht so, dass jeder Standpunkt möglich war (und auch vertreten wurde), nebeneinander bestehend und sich gegenseitig ausschließend, ungleichzeitig-gleichzeitig: Und was daran war schlecht? Weil es verwirrend war? Weil zu viel und zu lebendig? Keine Verbindlichkeit mehr, keine Grundordnung? Und wer wollte das schon, in letzter (durchaus blutiger) Konsequenz? Wer sollte denn der große Bestimmer sein, der alles bestimmte? Wenn man so wollte, war sein Großonkel dem Kampf zwischen zwei konkurrierenden Bestimmern zum Opfer gefallen: konservativ-harmonisch gegen progressiv-neutönerisch; beide traten aggressiv für ihren einzig möglichen Standpunkt ein – intolerant absurd.

**

Ein Foto lag in der Schachtel, es zeigte seinen Großonkel im Liegestuhl, im Hintergrund angeschnitten erkennbar eine Hauskante und eine tiefe Holzveranda; was ihm aber auffiel: Neben der Liege und im weiteren Hintergrund waren offensichtlich Palmen und tropische Sträucher zu sehen.

Zu Beginn jeder Saison fuhr der ganze Haushalt in die Karibik, erklärte ihm seine Tante dazu, hier sollte der Künstler Ruhe und Entspannung finden, um weiter an seiner Oper arbeiten zu können. Aber er hatte Schwierigkeiten mit dem Thema, dem Libretto, hatte Schwierigkeiten mit dem

Komponieren. Einige Lieder entstanden in dieser Zeit. Aber eben nicht sein großes Werk.

Dieser Teil des Lebens seines Großonkels interessierte ihn nun. Er beschloss, in den nächsten Tagen nach New York zu fahren, um im Musikarchiv der öffentlichen Bibliothek zu stöbern, im dort verwahrten Nachlass; danach aber wollte er weiterreisen, in die Karibik, zum Insel-Ferienparadies einer vergangenen, versunkenen Zeit.

II

Etwas, was ihn überraschte und sofort überwältigte, war die Musik. Auch er hatte sich an Musik gewöhnt, die überall im Hintergrund vor sich hin spielte, reines Nebengeräusch, ob im Büro aus dem alten, krächzenden Miniradio seines Arbeitsplatznachbarn oder beim Einkauf im Supermarkt. Hier aber schien ihm die ganze Insel im gleichen Rhythmus zu vibrieren, überall war der gleiche Riddim zu hören: aus den Autos auf der Straße, aus den Öffnungen der aus Bruchholz zurechtgezimmerten kleinen Verkaufsbuden, aus den schattigen Veranden der Häuser hügelaufwärts. Seit er am Flughafen in ein Taxi gestiegen war und der Fahrer das Radio aufgedreht hatte, begleitete ihn dieser durchgehende Bass- und Schlagrhythmus wie ein einziges, bruchlos fortgeführtes Stück. Kraftvoll, energisch, drängend; für ihn fremd und gewöhnungsbedürftig, da er bisher wenig mit dieser Art Musik zu tun hatte. Er kannte nur die schon klassisch zu nennenden Stücke aus der Anfangszeit dieser in einer rasenden Evolution weiterstürmenden Musikszene; jede Saison neue Namen, neue Stilrichtungen, neue Tanzbewegungen. Was jetzt gespielt wurde, hatte wenig mit dem zu tun, was er unter karibischer Musik verstanden hatte. Das war Touristenmusik, vorgeführt in den großen Hotels für die Gäste, die ihr mitgebrachtes Bild von der Ferieninsel bestätigt haben wollten; die wahre Musik der Insel durchdrang dagegen zu jeder Tages- und Nachtzeit das Leben dort. Jedenfalls schien es ihm so, denn er konnte sich dem Sog dieses Lebensgefühls nicht entziehen. Energie! Bewegung! Wärme!

Und diese Wärme staute sich als innerer Überschuss von Hitze und Licht, ihn überflutend und überfordernd, so dass er sich rasch angewöhnte, nur im Schatten zu gehen und sofort die Kühle der Innenräume zu suchen, ein bleicher Besucher aus dem Norden, noch nicht an das Klima angepasst.

**

Da er nicht in der Saison reiste, hatte er keine Schwierigkeiten, ein Zimmer in einem guten Hotel zu finden, es schien ihm sogar, als ob er und weitere fünf Touristen aus England (später kam eine kleine Gruppe von Japanern dazu) die einzigen Gäste in der weitläufigen Anlage waren. Hier war er nun und konnte seine Nachforschungen beginnen.

Was er in New York herausgefunden hatte, war der Name des Ortes, an dem er sich jetzt befand, und der Name eines Anwesens, zu dem er sich noch durchfragen musste. Verblüffenderweise war das kein Problem, schon an der Rezeption wurde mit Kopfnicken auf seine Fragen reagiert, ja, es gibt dieses Haus, ein Heritate Estate, soll ein Taxi gerufen werden? Völlig überrascht verschob er den Besuch auf später, auf Morgen, zuerst wollte er den Ort erkunden, an dem er angekommen war.

Gegen Ende des Nachmittags ging er ins Zentrum des Städtchens, Umschau halten. Es war das erste Mal für ihn, dass er sich außerhalb Flughafen, Autokabine, Hotelreservat inmitten des unabgeschirmten Alltags der Insel fand. Seine unmittelbare Reaktion war: Verwirrung. Geräuschkulisse und noch immer ungewohnte Wärme wirkten desorientierend. Irgendwie betäubte ihn das Auf- und Ab der Fußgänger auf den Gehwegen, das dichte Gedränge, dem er sich aussetzen, der schnelle Spurt, den er einlegen musste, um durch den starken Verkehr über die Straße zu kommen, die Blicke der an den Hofpfosten Lehnenden, wel- che die Vorübergehenden musterten und gele- gentlich ironisch kommentierten oder anspra- chen.

**

Er selbst wurde öfters aufgefordert dieses oder je- nes zu kaufen, irgendwohin mitzukommen, eine Führung mitzumachen, einen Schiffsausflug, am Abend zu irgendeiner Show hinzugehen; fast hilflos wusste er nicht so recht, wie mit all den Stimmen umzugehen, die ihn umzingelten. So rettete er sich unter einen Sonnenschirm und an den Tisch eines Restaurants, setzte sich, um nun selbst als stiller Beobachter die Vorübergehenden und die Umgebung zu mustern.

Er schaute sich um und seine Neugier streifte da- bei ein ungleiches Paar am Nachbartisch, eine schwarze Schönheit mit einem rotgesichtigen, aufgeschwemmt-grobgliedrigen, offensichtlichen Touristen. Ihr Blick traf ihn, überraschte ihn: zö- gernd, abschätzend, vorsichtig, aber nicht ver- schlossen oder abwehrend. Offen und bald

freundlicher werdend, wärmer und wie im gehei-
men Einverständnis, während er versuchte, seine
Sympathie für sie mit einem ironischen Augenver-
drehen und einem Hinweisblick auf ihren unpas-
senden Begleiter anzudeuten. Wie um ihr zu sagen: ich verstehe, die Verhältnisse sind nun mal
so, du hast bestimmt deine Gründe, aber es ist
schade, dass jemand wie du mit einem so unsen-
siblen Hallo-hier-bin-ich-Trottel zusammen sein
muss, um Geld zu verdienen. Ihr Lächeln um die
Augen zeigte ihm, dass sie ihn verstanden haben
musste.

Bald darauf bezahlte ihr Begleiter und sie verließen den Tisch. Beim Weggehen schaute sie kurz
zurück, ein einvernehmliches stummes Grüßen
und sie war verschwunden. Das war seine erste
Begegnung mit ihr. Noch unbekannt, noch zu-
kunftsverborgen, was daraus werden sollte.

**

Als er am nächsten Tag zu der angegebenen Ad-
resse hinausfuhr, erlebte er eine Enttäuschung. Es
gab dieses Haus, inmitten eines mit Mauern und
Gittern eingezäunten und geschützten Areals, mit
herrlichen Bäumen und verwilderten Büschen
überall, aber das Gebäude selbst war verfallen und
geschlossen. Seit dem letzten starken Hurrikan,

wurde ihm erklärt - immerhin zehn Jahre her - als das Haus beschädigt worden war, konnte nur das Notdürftigste getan werden, um das Gebäude zu erhalten. Andere Estates waren berühmter und besser besucht, in sie wurde investiert; hier war nicht viel zu verdienen und so ging eines der wenigen in dieser Gegend noch erhaltenen Herrschaftshäuser aus der Vorkriegs-Kolonialzeit langsam zugrunde.

Mehr als diesen traurigen Eindruck konnte er aus der Ortsbesichtigung nicht mitnehmen, niemand wusste etwas über vergangene Jahre, über Bewohner oder Besitzer, alles was nicht der Gegenwart gehörte war versunken. So war er hier, am Ziel, und doch nicht angelangt.

Er wollte eine gewesene Zeit nachvollziehen, aber es gab nur diese ruinierte Gegenwart, und keinen Weg, der aus ihr dorthin führte. Oder war es gerade diese Zeitenthobenheit (als die er sie erlebte), die ihm seine Fragen beantwortete?

Was war für seinen Großonkel diese Landschaft gewesen? Was der tägliche Aufenthalt unter den Bäumen im Garten (er stellte sich ihn gepflegt und unverwildert vor und inmitten der blühenden Büsche den Großonkel, in seinem Liegestuhl ausruhend, ein kleines leeres Notizbuch in der Hand)? Was bedeutete ihm der sinnliche Eindruck von wärmenden karibischem Licht und kühlender Luft – eine stetige leichte Brise durchwehte den Vorhügel, auf dem der Garten lag, herab von den Berghängen im Inselinneren hin zur See – welche Düfte brachte sie für ihn mit?

Was war ihm der Blick von der Anhöhe über die Bäume im Vordergrund nach Norden, zum Meer hin – jetzt geprägt durch die Küstenstraße mit ihren malerisch-windschiefen Verkaufsbuden und einigen Gebäuden, von denen man nicht wusste, ob sie halb fertig im Bau oder halb ruiniert im Verfall waren – aber damals wohl unverstellt und das Auge in die Weite führend – was gab ihm dieser Ausblick?

Von welchen Stimmen, Geräuschen, von welchen Tönen war er hier berührt worden, als Musiker empfänglich für alles Hörbare?

Was kam ihm von außerhalb seiner Gartenumfriedung ans Ohr – den inner-halb war ganz bestimmt ausschließlich das gehobene Bildungsgut der amerikanischen Oberschicht zulässig und dafür war er selbst ja zuständig – nicht wie im Heute das beständige Vorantreiben der Dancehallrythmen, das Wippen und den Schulterschwung, das Hüft- und Beckenkreisen der Tänzer, die gerade am Straßenrand vor dem Eingangstor um einen Kassettenrekorder standen; doch irgendein fremder

Klang: der Ruf eines exotischen Vogels, der Schlag eines vorher noch nie gehörten Trommelrhythmus, die Melodie eines ihm unbekannten Liedes - von welchen Klängen war er hier umgeben gewesen?

War das alles auch für ihn zeitenthobene Gegenwart? Und war er in ihr versunken, hatte in ihr seinen Antrieb verloren, seine Motivation, sein Thema? Saison für Saison war sein Großonkel hierhergekommen, zur Erholung, zur Auffrischung der Kreativität, zur Selbstfindung - was hatte dieser Ort ihm bedeutet?

Unentschlossen, was er jetzt tun sollte kehrte er in sein Hotel zurück. Er beschloss, einige Tage hier zu bleiben, um vielleicht doch noch etwas zu finden: Geschichten (er sollte in die örtliche Buchhandlung gehen, möglicherweise gab es Anekdoten über diese Zeit und diesen Ort, aufgeschrieben von irgendeinem Heimatforscher, einem pensionierten Lehrer etwa), Grundbucheintragungen (Besitzernamen sollten sich zurückverfolgen lassen), Irgendjemand, der besonders mit dieser Estate verbunden gewesen war und ihm weiterhelfen konnte.

Nur: weshalb? Wohin sollte seine Suche ihn führen? Er suchte ja nicht einen Ort und dessen

Geschichte, er suchte – ja was? Die Geschichte eines Scheiterns – oder war das der falsche Begriff dafür – die Geschichte einiger müßiggängerischen Ferienaufenthalte, die verträumt oder, möglicherweise im Gegenteil, verkrampft vorbeigegangen waren: Ohne das erhoffte greifbare Ergebnis, ohne die Inspiration, den großen Durchbruch, das Meisterwerk.

Ja, höchstwahrscheinlich verträumt und verschwendet: Aufwand, Zeit und Kraft. Und er selbst, was machte er hier? Wollte er nicht auch mit etwas Greifbarem nach Hause kommen, einem abgeschlossenen Projekt, einem gelösten Rätsel und gleichzeitig mit einem erneuerten, aufgefrischten Arbeitseifer: War das nicht Hintersinn seines Hier seins? War sein Auf-enthalt hier nicht erst dann ein Erfolg, wenn er etwas mitbrachte – und wenn es nur das Vergessen machen seines (wie er es jetzt sah) Zusammenbruches war, das Wiedereinrichten seines vorigen Lebens, seines Funktionierens im Bestand – durch den zur Wiedereingliederung in den Alltag notwendig gewesenen Urlaub?

**

Als er aus dem Schlaf aufschreckte wusste er im ersten Augenblick nicht, wo er sich befand. Er wusste nicht, ob er nicht doch noch träumte: Er saß im Bett und schaute verwirrt um sich. Keine Erinnerung daran warum er aufgewacht war. Wer er war. Warum er hier war. Dann kam alles zögerlich zurück. Und mit seiner Identität auch ein Gedanke, den er aus dem Schlaf mitbrachte: Hier war die Insel der Göttin. Er war auf ihrer Insel gelandet. Alles hier war von ihr geprägt. Die Vitalität der Musik. Die Intensität der Farben. Die Pflanzenfülle. Die elastischen Bewegungen der Menschen, ihr singendes Sprechen. Es war eine Insel und sie eine Göttin auch des Wassers.

Sein Großonkel war hier gewesen: Er war im Einflussbereichs Undines gewesen. Er hatte seine Zeit nicht verschleudert und verschwendet – er war nur nicht fähig gewesen, Undine zu fassen. Hier war sie zu groß. Zu real. Hier konnte man sie leben. Zu viel für den Sublimierungsversuch eines Liedkomponisten, der einem Sehnsuchtsbild des 19. Jahrhunderts Melodien unterlegen wollte. Der zeigen wollte, wie sich jemand einem alles auflösenden, alles überflutenden Medium – der Musik, der Kunst, der Sexualität – eine Zeitlang überlassen hatte, um dann doch zur Gesellschaft, zum Schicklichen, zur christlichen Erlösung (in der Sprache jener Zeit gesprochen) zurückzukehren – und wie sich dieses Medium am Ende rächend

59

verselbständigte. Undine. Undine. Aber er konnte sie nicht fassen.

Nicht, weil er unfähig war, kein begnadeter Komponist. Weil sie zu wirklich war und er hier ihrer Realität zu nahe. Kein Bildungsmärchen, kein mythologischer Bilderbogen, illustriert und mit Melodien unterlegt. Das war alles unwahrhaftig, an diesem Ort wusste er es und konnte es so nicht weiterverfolgen, gerade, weil er ein wirklicher Künstler war.

Das Extreme, Unmäßige, Schneidend-Direkte einer neuen Musiksprache jenseits seiner Tradition hätte dieses Projekt vielleicht vorangebracht – Möglichkeiten, die nicht in seiner Reichweite lagen. Also doch ein Mangel, ein Zurückschrecken vor dem Aufbruch in das dafür notwendige Neue, den einige seiner Zeitmitbewohner schon realisiert hatten? Seine Textvorlage zu flach, weil er dafür zu tief war, sein Bemühen zu kurzgriffig, weil dafür nicht weit genug. Das war wohl die Tragik seines Großonkels.

**

Danach blieb er bis in den Mittag hinein im Bett, frühstückte ausdauernd im Gartenpavillon seines Hotels, erkundete gegen Abend – die größte Hitze hatte er vermieden – weiter den Ort, soweit er sich auch in abweisend (und heruntergekommen) wirkende Gegenden traute; bald hatte er die zugänglich scheinenden Gebiete ausgemacht und durchstreift.

Jetzt saß er auf einer niedrigen Mauer neben dem Gehweg und hielt eine Plastiktüte mit Mangos in der Hand. Er hatte die Früchte gekauft, im Markt, im Gedränge, weil ihm ihre glatte Schale gefiel, die unregelmäßige Tropfenform, ihre von Rot zu Gelb verlaufende Farbe, aber nun schaute er sie unschlüssig an, wusste nicht, was er mit ihnen anfangen konnte. Sie mussten bestimmt gewaschen werden, aber auch geschält? Konnte er einfach in sie hineinbeißen, so wie sie waren?

„Willst du mir nicht eine von deinen Mangos abgeben", hörte er plötzlich eine Stimme neben sich. Überrascht sah er auf: Die Frau, die er vorgestern am Nachbartisch beobachtet hatte. „Hallo", sagte er linkisch. Fühlte sich überrumpelt. Souverän überging sie sein Zögern, seine Verlegenheit und führte ihn in eines jener Gesprächsspiele, die auch der ungeübte Idiot, der er im Augenblick war, ohne Mühe mitspielen konnte. Seit wann hier/ wie gefällt es dir/ woher kommst du... Doch auf seine Antwort „aus Deutschland", gab es statt des üblichen „Ich mag die Deutschen/ ich liebe Deutschland" (in der kurzen Zeit in der er hier war, hatte er diese Höflichkeitsfloskel oft gehört) ein leichtes Stirnrunzeln und ein „Ohh..." „Ich war drei Jahre in Deutschland", erklärte sie. „Seitdem denke ich, alle deutschen Männer sind Arschlöcher. Kennst du Bad Godesberg? Es liegt am Rhein. Nahe Bonn. Dort war ich. Eine schreckliche Zeit, ich kann sie dem Typen, der mich dorthin gebracht hat, nie verzeihen." Schon war er bereit, sich als Beispiel für die guten Männer aus Deutschland aufzubauen, die es doch auch geben musste. Was sie einräumte. Natürlich gibt es überall schlechte und bessere. Wie hier. Wie in deinem Land. Und er merkte, zu ihrem Spiel gehörte, dass er sie überzeugen sollte, ein Guter zu sein. Er folgte ihr auf dieses Feld. „Darf ich dich zu einem Heineken einladen und dir beweisen, dass ich kein Arschloch bin?" Sie sagte ja, aber ihr Blick verlor an Glanz, verschattete sich ein wenig: Wie auch sollte er in dieser Situation etwas anderes sein? – Nur: es war wie es war. Fatum. Hinzunehmen.

Als er neben ihr ging, sie: schlank, federn-gelöster Gang, fließende Anmut, er: ein wenig hölzern, unsicher-aufgeregt, wusste er plötzlich, warum er auf die Insel gekommen war. Sein Großonkel war nur der Mittler, nicht der Grund gewesen. Die Göttin war es.

Einmal hatte er sich die Göttin mit Früchten in der Hand vorgestellt, anbietend lächelnd; nun war es gerade umgekehrt gewesen: Sie hatte nach den Mangos gefragt, die er in der Hand hielt. Selbstverständlich gab er ihr die Hälfte – von nun an teilte er alles mit ihr. Yéma. Das war seine eigentliche Ankunft auf der Insel.

**

In ihrer ersten Nacht schlief er, wie es ihm vorkam, nur andeutungsweise. Die unbekannte Umgebung – es war ihr Raum, in sein Hotelzimmer konnte er keine einheimische Frau mitbringen – das ungewohnte Gefühl, einen fremden Körper neben sich zu haben, wärmeausstrahlend, die sich noch immer stauende Hitze im Raum, der gleichbleibendtreibende Rhythmus der Musik aus einem Radio in der Nachbarschaft, welches die ganze Nacht durchspielte: das alles hielt ihn in einem durchsichtigen Schwebezustand, weder Schlaf noch Wachsein.

Und doch musste er kurz vor dem Morgendämmern eingeschlafen sein, denn er erwachte aus einem Traum: In ihm war er mit einer dunklen Frau zusammen, der Göttin – nun entschleiert als schwarzgesichtig, wie sie es wahrscheinlich von Anfang der Zeiten an gewesen war, doch durch die

Jahrtausende überschichtet von anderen Bildern. Sie saß, konzentriert Macht ausstrahlend, am Ufer eines reißenden, wildbewegten Stromes – für ihn der Fluss seiner Kindheit, die Donau – half sie ihm, beobachtete sie ihn, er wusste es nicht, aber unter ihrem Blick konnte er stromaufwärts gehen, seine Füße berührten das schäumend- strudelnde Wasser kaum, so kam er rasch und leicht vorwärts. Ich darf nicht einsinken, nicht eintauchen, dann erreiche ich die Quelle: Mit diesem Gedanken wachte er auf.

Ein kräftiger Duft erfüllte den Raum, der Geruch des anderen Körpers, fremd, nicht abstoßend, nur nicht gewohnt: daher so eindrücklich. Sie schlief noch, halb in das Laken gedreht, nackt, ihre Brüste frei, ihn wieder erregend, das Gesicht ihm zugewandt. Er betrachtete sie, nahm ihre Nacktheit, ihre Ausstrahlung in sich auf, rätselte an ihren Augen, ihrem Mund, ihrer Stirn. Im Morgendämmern schien ihr Gesicht von tiefer Schwärze, der Ausdruck unentschieden zwischen zärtlich und wild, offen oder ablehnend. Plötzlich wirkte sie auf ihn zu groß, zu mächtig, überlagert vom Traumbild der dunklen Frau, er wusste nicht, wie er reagieren würde, sollte sie jetzt aufwachen. Er wusste nicht, ob er zurückkommen würde, wenn er jetzt ginge, ohne sie zu wecken. Und er wusste nicht, ob er nicht genau das tun sollte. Dann erinnerte er sich an den verklingenden Traum, dessen letzte Bildfolge und an seine überfrohe Empfindung, der Quelle entgegenzugehen. Seine Sehnsucht. Der Grund seiner Reise. Ich werde mich oben halten, nicht untersinken. Ich werde mir von ihr helfen lassen. Ich werde bleiben.

Ein intensives Gefühl überflutete ihn, hereinbrechend aus Traumgewissheit, Sehnsuchtsfantasie, losgelassen werden von etwas, was ihn seit ewigen Zeiten im Griff gehalten hatte, ohne dass er bis jetzt davon wusste – es stieg in ihm auf wie Kohlensäure in einer engen Flasche, schäumend die Flüssigkeit zum Überschwappen bringend. Auch seine emotionale Fesselung konnte dieses Aufsteigen nicht zurückhalten, auch er schwappte über, sein Selbst feierte in diesem Augenblick mit sich selbst und er folgte sich in einen wirbelnden Tanz.

**

Der zweite Traum, in der zweiten Nacht, gab ihm weitere Bilder und wieder das Gefühl von Bedeutsamkeit. Es geschah. Die Kulissen seines Lebens wurden umgestellt.
Vor ihm ein Becken unbestimmter, unbekannter Tiefe, dunkelgrünes Wasser. Er zögerte, es zu

betreten. Eine Gestalt flutete aus dem Dunkelwasser, wuchs heraus: Schwarze Göttin erneut, mit erhobenen Händen, nackt, die Brüste durch zwei leuchtend gelbe Schlangen eingefasst und hervorgehoben, die sich von der Taille zum Hals paarig ringelten, über dem Nabel sich kreuzend. Er selbst versank langsam im Bassin, während sie aufstieg.

In einer nächsten Szene stand er unvermittelt an einem nächtlich dunklen Strand, die Wellen saugten platschend am Sand, Bewegung auf Bewegung, das Wasser reflektierte grünlich schimmernd ein unbestimmtes (Mond?) Licht, im Rücken die Insel: Stein, Pflanzen, Tierstimmen. Fühlbare Einheit, die sich zur Person verdichtete. Aus den Wellen sammelte sich der Umriss einer nachtdunklen Frau, bald übergroß, die Meer und Insel überragte. Jetzt keine freundliche Gestalt, mit Früchten werbend, sondern eine prüfende, fordernde Präsenz, die ihren Anspruch auf ihn erhob. Was es auch immer war, er konnte es nicht fassen. Danach sein Erwachen.

Nicht panikartig, nicht erschrocken, aber in einer grundlosen, bodenlosen Melancholie. Wie verzweifelt klammerte er sich an den noch ungewohnten Menschen neben sich, seine Hände, sein Mund forderten den Sex, die Tröstung, die er, er wusste nicht warum, so dringend brauchte. Eine Verbindung war damit beschlossen und endgültig. Er war einverstanden: Schicksal, kein Zufall.

**

Ab jetzt teilte er seine Zeit auf in kurze Rückkehrperioden in sein Hotel (in sein Leben als umsorgter Tourist: zum Duschen, zum Frühstücken) und in sein Zusammensein mit ihr: tagsüber, nächtelang. Eine gewisse Spaltung spiegelte sich darin: Er stürzte sich in eine neue Situation, löste sich in ihr auf, doch nicht ohne Vorbehalt. Nicht ohne Rückhalt im Bisher. War er allein, saß er manchmal wie betäubt in einer Ecke des Hotelgartens, ohne Gefühl für den Boden unter seinen Füssen: entleert. Oder aber, im Gegenteil, durchströmt von Emotionen und Eindrücken, die ihn fast bis ins Unerträgliche ausfüllten.

So hatte er sich unter eine Palme zurückgezogen, aus der fordernden Sonne, deren Wärme ihn wie in eine Hülle einschnürte, und Schattenspiel und Lichtsprengel auf seinem Arm, den er nun wie eine vorher nie gesehene Landschaft musterte, brachten ihn ins Abseits einer stillklaren Ruhe, einem klarsichtigen Zustand der Loslösung. Er war angekommen. Musste nicht mehr weiter. Konnte sich hier in Wärme auflösen, in ein fragloses

Schweben übergehen. Zweifellos ein Geschenk der Stunde, in befreiter Dankbarkeit angenommen. Wie schwer das Gewicht des Unruhezustandes drückte, an das er gewöhnt gewesen, konnte er nun erst wahrnehmen, nachdem es im Jetzt aufgehoben war. Leichtigkeit. Nichts fehlte. Er wusste: solche Augenblicke waren selten. Einzigartig in seinem Leben.

Der Traum der vorigen Nächte rührte sich erneut in ihm: Nun kehrte das Bild der Göttin ihm den Rücken zu, zoomte dabei ins Unendliche, füllte den Horizont, während sie aus den leicht anrollenden Brechern seines karibischen Hotelstrandes herauswuchs. In diesem Augenblick der Gelöstheit verstörte ihn ein solcher Überfall des Irrationalen überhaupt nicht. Das Bild in ihm war keine Vision, war auch nicht in ihm, er nahm es zur Kenntnis, grüßte die Göttin und nuckelte weiter an seinem Drink, den er in der Hand hielt: Noch immer in dem kurzen, ewigen Moment aufgehoben, während er seinen Arm betrachtete. Keine Zeit war vergangen. Aber die Zeitlosigkeit war schon wieder Vergangenheit.

**

Die Farbe des blaugestrichenen Pools schimmerte unnatürlich grell durch das leicht gekräuselte

Wasser, eine Kälte vortäuschend, die es nicht gab: Auch das Wasser war warm und umhüllend, wie alles hier. Auf der Wasserfläche hatten sich herabgefallene Blätter der umstehenden Bäume angesammelt, die langsam auf ihn zutrieben. Es reizte ihn nicht, in sie einzutauchen und zu durchschwimmen. Warum war er hier?

Von einem Augenblick auf den anderen änderte sich plötzlich seine Stimmung. Der Blätterbefall, der den Wasserspiegel störte, wurde nun zum komplexen Muster aus kreisenden organischen Formen, eine Hinzufügung zur Wellenriffelung der windbewegten Oberfläche. Fasziniert folgte sein Blick dem Bild der Strömung, welches die Blätter sichtbar machten, er beugte sich dabei in die kühlende Ausstrahlung des Wassers. Obwohl in einer künstlich-geometrischen Einfassung gefangen, war es auch hier dasselbe belebende Element wie in jedem Fluss oder dem Meer jenseits der Klippen. Auch hier, im Schwimmbecken, gab es die Offenbarung der Wasserwelt Undines, gab es einen Zugang zu ihr. Es lag nur an ihm, sich dafür zu öffnen oder zu verschließen. Ihm war geöffnet worden: Daher war er offen. Bereit zu sehen, was es zu sehen gab. Das hier war seine Feier.

**

Ihm fielen einige bunte Plakate auf, die eine Ver-
anstaltung ankündigten; mit Namen, die er schon
irgendwo gehört hatte, doch nicht richtig einord-
nen konnte. Capleton, Harry Toddler, Elephant
Man, Singing Melody. Auf seine Frage sagte sie
ihm, dass dort einige der zurzeit bekanntesten
DJ´s und Sänger live auftreten würden. Er war in-
teressiert. Der Ort lag außerhalb, sie würden ein
Auto brauchen, Freunde würden sich bestimmt
anschließen wollen; es musste rasch organisiert
werden, schon am nächsten Wochenende fand das
Konzert statt. Er freute sich darauf.

Als sie sich auf den Weg machten, zu sechst dicht-
gedrängt in dem kleinen Wagen, war es fast schon
dunkel: Eine Nachtfahrt stand ihnen bevor. Ein
halsbrecherisches Unternehmen. Der Wagen beschleunigte in die Dunkelheit, aus welcher der
Scheinwerfer einen Lichttunnel schnitt, unter dem
der Schotterweg (in den sich die Straße irgendwann verwandelt hatte) öfters wegtauchte, während der Lichtkegel im Unbestimmten umherirrte;
beschleunigte und verlangsamte wieder abrupt,
wenn ein zu großes Schlagloch plötzlich auftauchte und nicht mehr in voller Geschwindigkeit
umkurvt werden konnte. Glücklicherweise gab es
wenig Gegenverkehr und dieser machte sich
durch aufblendendes Licht und lautes Hupen

rechtzeitig bemerkbar, ohne dass jedoch die Fahrzeuge ihre Geschwindigkeit oder ihre mäandrierende Fahrweise änderten. Äußerlich scheinbar gelassen, verkrampfte sich seine Hand in den Haltegriff, an dem er das schaukelnde Hin und Her des Wagens ausgleichen konnte.

An einer sich in die Dunkelheit verlierenden Häusergruppe machten sie halt. Etwas zurückgesetzt von der Weggabelung war ein Bierverkauf noch offen, Licht fiel von innen auf den leeren Vorplatz, an der Tür lehnte eine hochgewachsene Gestalt. Er stieg mit aus, blieb aber beim Wagen; der Fahrer, der hier bekannt war, verschwand mit Yéma durch die Türöffnung ins Helle, die anderen warteten draußen auf die Rückkehr. Nachtgeräusche verwoben sich zu einer gesteigerten Stille, die ihm für einen Moment das verstörende Gefühl gab, allein im Buschwald zurückgelassen worden zu sein, dem Unbekannten ausgesetzt.

Vor der Weiterfahrt wurde der erste Spliff hergestellt, als Einstimmung auf das Kommende: auf die Musik, den Tanz, den Rausch. Vorfreude und Lachen der anderen holten ihn aus seiner Einsamkeitsstimmung, in die er kurzzeitig gefallen war. Und wieder die Beschleunigung in die Nacht.

Noch bevor sie den Ort erreichten, hörten sie von weitem den typischen Schlagrhythmus der Musik, Erregung und Mitgenommen werden ankündigend. Nun gab es Autoverkehr, Scheinwerferlichter, Gruppen von Fußgängern, die zu dem Ereignis unterwegs waren. Am Straßenrand waren Verkaufswägen abgestellt, aus Kistenholz selbstgezimmert, mit abenteuerlichen Fahrwerkkonstruktionen; Zigaretten (einzeln zu kaufen), gekühlte Getränke, Wassereis, Früchte wurden angeboten, an Grillständen warteten Leute, bis das scharfgewürzte Jerked Chicken oder -Pork hergerichtet war; je näher sie der Musik kamen, desto lebhafter unterbrachen Aktivitäten die Nacht. Der Konzertplatz war nichts weiter als ein mit einem hohen Bambuszaun abgeschirmter Bereich an einer Straßenkreuzung, inmitten der hügeligen Landschaft; am engen Einlass stauten sich die Wartenden. Die angekündigten Auftritte hatten jedoch noch nicht begonnen, wie sie von den Anstehenden erfuhren. Im Innern traf ihn mit voller Wucht die Aufgeregtheit und das quirlige Durcheinander einer sich allmählich ansammelnden Menschenmenge, den Raum noch nicht ganz ausfüllend; Gruppierungen bildeten sich und lösten sich wieder auf; einige Frauen tanzten schon, die meisten Besucher warteten noch ab. In einer abgelegenen Ecke wurde nochmals Ganja in eine rauchbare Form gebracht und in der Gruppe herumgereicht. Er schloss sich nicht aus. Es stimmte ihn ein auf den Ort und das Geschehen, verband ihn mit den dem Rhythmus Hingegebenen, den Tanzenden, Lächelnden, sich Unterhaltenden, den versunken in die Musik Untergetauchten.

Anfangs war er noch im Areal umherspaziert, neugierig sich umschauend, Blicke auffangend und zurückgebend, beobachtend und beobachtet werdend. Was ihm dabei schockartig auffiel, war sein Sondersein: Er sah fast keinen anderen Hellhäutigen, nur ein- oder zweimal glaubte er jemanden zu entdecken. Alle anderen waren braun bis tiefschwarz: Schöne, eigenwillige, interessante Gesichter, die ihn ihrerseits musterten. Hier gab es keine Touristen. Für einen panikartigen Moment fühlte er sich in der Fremde, weit entfernt vom Daheim, doch allmählich vergaß er das für ihn Befremdliche, wurde mitgenommen von dem Geschehen. Die Musik trug ihn. Hob ihn und schüttelte ihn. Lies ihn hüpfen und hin und her springen. Die bekannten Musiker traten auf, intensivierten das Erlebnis, er folgte dem Rhythmus in immer weitere Steigerungen, wurde von Yéma aufgefordert, sie von hinten zu umfassen und eng an sie gepresst ihren windenden Bewegungen zu folgen, in einer unverblümt imitierten Kopulation, aber, wie er sah, einem Standardtanz hier. Er überlies sich der Energie der Musikstücke, der Eruption der Sprechgesänge, dem hämmernden Schlag und der ins Unhörbare tauchenden Tiefe der Basslinie. Er überlies sich dem, was war. Ohne Vorbehalt. Für diese Nacht.

**

Der alte Mann schlurfte über den Parkplatz des Einkaufszentrums, sprach ihn an, als er an ihm vorbeikam. „Haben sie mir einen US-Dollar, bitte." Es war das erste Mal, das er jemanden traf, der direkt bettelte. Jeder versuchte ihm etwas zu verkaufen, seine Dienste anzubieten, irgendetwas, was Geld bringen konnte; Irgendjemand war immer da und drängte sich auf. Aber, anders als Zuhause, keine Bettelei, kein Mitleidsappell; immer Leistung und Vergütung (obwohl er dabei bestimmt über den Tisch gezogen wurde). Etwas an dem Alten brachte ihn dazu, ihm den verlangten Dollar zu geben, obwohl gegen seine Prinzipien: Daheim gab er nie Bettelgeld.

Der großgewachsene, hagere alte Mann hatte ein gelbbraunes, verwittertes Gesicht, seine wenigen Rastasträhnen waren heller als seine Hautfarbe. „Woher sind sie? Deutschland? Kennen sie den

Schwarzwald? Ich bin im Schwarzwald gewesen, wir sind auf den Berg gestiegen, aber nicht ganz so hoch, nicht bis zum Gipfel, ein schönes Land, ich war überall auf der Welt, USA, Europa, Japan, ich liebe Geografie, kennen sie die Geografie dieses Landes? Die Ebene im Süden, die Berge in der Mitte, die Küste im Norden, im Osten die Wälder, die Sümpfe im Westen": Er rezitierte offensichtlich einen hiesigen Heimatkundegrundschulvers.

„Es ist hart, hier zu überleben. Ich war Ingenieur. Bin überall herumgekommen. Und jetzt hat mich die Regierung in ein Altersheim gesteckt, ein Altersgefängnis! Alles Verrückte dort, Schwachsinnige, was soll ich da? Ich bin weggelaufen und suche mir nun mein Geld für meinen Lebensunterhalt zusammen, ein wenig für Unterkunft, fürs Essen. Es geht schon, es geht schon, aber es ist hart." Er konnte die Aussprache des Alten kaum verstehen, nickte nur wenn dieser ihn ansah, aber der alte Mann erwartete auch keine Antwort, sein Monolog singsangte fort. Verlegen suchte er einen Grund, sich zu verabschieden. Der Alte war feinfühlig genug, es zu bemerken: „Einen schönen Tag, und vielen Dank nochmals!" Warum suchte er das Weite? Etwas Beunruhigendes war in dieser Begegnung: Eine Wendung im Schicksal, ein anderer Lebensverlauf, und würde auch er dann auf einem Parkplatz um sein Essen betteln?

**

Einmal, am Morgen, während er noch in der schlaftaumeligen Dazwischenzeit döste, bat Yéma ihn um zwei seiner getragenen T-Shirts, ein schwarzes, ein weißes. Er wusste nicht warum, ihre Bitte schien ihm aber ein Drängen zu enthalten, einen ihm unbekannten Hintergrund. Ohne Zögern suchte er in seinem Wäschesack nach zwei Unterhemden, eines schwarz, eines weiß, und gab sie ihr. Ein andermal wollte sie ein Foto von ihm. Von Zuhause. "Ich brauche es" – sie sagte nicht wofür.

Kleine Merkwürdigkeiten, die erst einen Zusammenhang gaben, als sie Geld für den Kauf einer Ziege wollte. „Wir werden wo hingehen, eine Ziege schlachten lassen und dir deine Zukunft richten." Zögerlich, neugierig ließ er sich darauf ein.

Sie fuhren mit dem Auto (derselbe Fahrer wie vor kurzem) quer durch den Ort, verließen den dichten Verkehr des Hauptbereiches, bogen, etwas Außerhalb ab von der geteerten Ausfallstraße in einen geschotterten, schlaglochübersäten Nebenweg. Kleine Häuser, eingeschossig oder zweistöckig, jedes abgeschirmt durch einen ummauerten

Vorgarten und durch schmiedeeiserne Zäune und Gittertore, wurden durch noch reparaturbedürftigere, noch erosionszerstörtere Sträßchen und Wege erschlossen. Ein Gewirr; er hätte ohne Hilfe nicht mehr zurückfinden können. Die Gegend schien fast leer, neugierige Kindergesichter lugten hier und da durch verschnörkelte Fenstergitter, sonst zeigte sich wenig Leben unter der Sonnenlast.

Die Straße wurde unebener, stieg steiler an, führte über einen Hang, an dem jetzt nur noch Hütten mit angerostetem Blechdach und manche mit halbzusammengebrochenen Verandavorbauten standen. Sie senkte sich wieder, nun wirklich Feldweg, krümmte sich durch Gesträuch und Bambusgewirr zu einem für die Gegend überraschend großem Haus, umfriedet, Gitter vor jeder Öffnung, mit einer Veranda über die ganze Breite und zweistöckig. Das Meer war nahe, doch kein weißer Sandstrand, eher Schilfsumpf und Brackwasserpfützen. Hier wohnte die Wahrsagerin, zu der Yéma ihn brachte.

„Sie ist keine Obéahfrau", sagte sie, „sie ist eine Christin. Sie schadet niemandem. Sie kann dir helfen, zu bekommen was du willst. Sie kann dir sagen, was kommen wird. Sie will kein Geld dafür. Nur für die Ziege und für die anderen Ausgaben.

Und für die Helferin. Ich habe ihr die T-Shirts und das Foto gebracht und die Ziege bezahlt. Sie wird dich lesen. Sie wird dir raten. Sie wird dir den Erfolg im Beruf fixieren. Zeige Respekt. Warte ab."

**

Das Haus stand auf einer kleinen Erhöhung am zu See abfallenden Hang, ein unscheinbarer Wasserlauf tröpfelte durch Binsengestrüpp aus der Umfriedung hin zum Meer, verlor sich im Schilf. Im vorderen Bereich bestand die Hofumgrenzung aus einer hüfthohen Bruchsteinmauer, die im Hintergrund von einem Zaun aus Bambusstangen und Stacheldraht abgelöst wurde, ein breiter Einlass war ausgespart, mit Pfeiler eingefasst und rechts und links unregelmäßig mit hohen, dünnen Bambusstangen markiert, an denen Stoffbahnen in unterschiedlichen Farben hingen; die leichte Brise bewegte sie kaum.

Sie ließen das Auto stehen und betraten den Yard. Er wartete mit dem Fahrer vor dem Haus, während Yéma hineinging. Kommt herein, rief jemand kurz darauf, sie wechselten aus der Sonne in die Kühle, gingen durch einen Vorraum in ein größeres Zimmer, das voller verwirrender Gegenstände war: Mit Stoffblumen geschmückte Fotos überall an den Wänden, Lichterketten, Papiergirlanden, farbige

Tücher unter der Decke quer durch den Raum gespannt. An der gegenüberliegenden Seite ein breites Messingbett, bedeckt mit einer rosa-weißen Tagesdecke, bestickt mit Rosenknospen, Rosenblüten, Rosenblätter; in der Mitte des Raumes ein Sessel, in dem eine ältere Frau saß. Dunkles Gesicht mit klugen, prüfenden Augen, eine imposante Statur, massig thronend. Yéma stand vor ihr, kehrte sich um, als sie eintraten, stellte ihn der Sitzenden vor. Er wurde aufmerksam gemustert, was ihn ein wenig nur störte, er selbst wollte aber nicht so offen seine Neugier zeigen, hielt sich eher zurück und bedeckt. „Du kommst nicht allein", sagte die Myal, eine tiefe, erdige Stimme, warm, tönend; er wusste nicht, was darauf antworten, es schien ihm offensichtlich, dass er in Begleitung war; aber sie meinte es anders: „Jemand ist um dich, kein Duppy, keine Besessenheit, aber ein Schatten; kein wirklicher Geist, ein Abbild davon, wie eine Erinnerung. Es ist die Erinnerung an jemanden aus deiner Familie, ein Vorfahr, schon lange vergangen, neubelebt und wieder am Vergehen. Willkommen hier." Sie hielt ihm die Hand hin, die er nahm und schüttelte, erstaunt über das, was sie eben gesagt hatte.

Ein junges Mädchen kam und sprach einige Sätze in Patois, für ihn unverständlich. Yéma erklärte:

wir können nun hinters Haus gehen und die Ziege schlachten. Jetzt erst fiel ihm ein dürres Meckern auf, das schon von Zeit zu Zeit hörbar gewesen war. Diese Schwelle konnte er nicht überschreiten. „Ich bleibe hier oder warte draußen", sagte er schnell. „Ich kann das nicht mit ansehen." Zögern, prüfen, dann: „Kein Problem, wir werden bald wieder da sein." Und er blieb allein zurück. Mit sich selbst und der Frage, ob er nicht falsch reagiert hatte, ob er sich darauf hätte einlassen sollen. Ob hier seine Grenze war, jenseits der er sich selbst verloren hätte, oder ob er einfach nicht flexibel und willig genug war, sich auf Unbekanntes einzulassen. So oder so, er hatte sich entschieden. Für den Rückzug.

Einige Zeit darauf (das Ziegengemecker war abrupt verstummt) sah er die alte Frau im Hof zu einer Gruppe von Bambusstangen gehen, bannerbehängt, die einen tischhohen Stein umstanden; das junge Mädchen folgte ihr mit einem Gefäß, Yéma und der Fahrer hinterher. Die Myal nahm das Gefäß und goss etwas über den Stein, dann verschwanden alle wieder aus seinem Blickfeld. Als sie ins Zimmer zurückkamen, schien es ihm wie eine Prozession, das Mädchen diesmal mit einer Schüssel voraus, hinter ihr die Myal, dann wieder die anderen. Die Alte setzte sich in den Sessel, die Schüssel (mit klarem Wasser, wie er jetzt zu seiner Erleichterung sah) vor sich. Sie klatschte dreimal über der Schüssel in die Hände, betrachtete diese dann lange und gründlich, schaute auf zu ihm, sagte jedoch nichts. Er wartete, ein wenig irritiert, auf eine Erklärung, die jedoch nicht kam. Plötzlich stand sie auf, sagte, die Zeremonie sei vorüber und ob sie nicht ein wenig Rum trinken wollten, ob sie sich nicht für ihren Garten, ihre Kräuterpflanzen interessieren würden. Beides wurde bejaht und während sie ihm im freundlichem Ton von den verschiedenen Pflanzen, deren Heilkräfte und den Behandlungsmethoden gegen Krankheiten erzählte (er merkte nun, sie war eine Heilerin: Eine Frau, zu der die Leute kamen, bevor sie, als letzte Möglichkeit, zum Arzt oder ins Krankenhaus gingen), hatte er noch immer das Gefühl, von etwas ausgeschlossen zu sein. Etwas verpasst zu haben.

**

Die Rückfahrt verlief beinahe schweigend. Das Radio spielte, nur der Fahrer versuchte ab und zu einen Gesprächsanfang, konnte aber auch nicht ihre Einsilbigkeit überwinden. Yéma und er waren in Gedanken versunken Er fragte sie nicht, was sie so lange noch mit der Heilerin besprochen hatte.

Er fragte nichts. Etwas war geschehen. Und er wusste nicht was.

Irgendwann merkte er, wie er in einen Sog geraten war, der ihn ins Unbekannte hinaustrug. Die ständige Präsenz der ähnlichen Riddims, anfänglich wie ein einziges, durchgehendes Musikstück erlebt, das landauf, landab gespielt wurde, hypnotisch sich vertiefend, unterstützte diesen Sog; wie auch die Wärme, die fremden Laute und Geräusche, die ungewohnt- überraschende Nähe des Anderen. Anfänglich hatte er sich der Strömung arglos anvertraut, eintauchend in das Neue, neugierig auf das Unbekannte. Anfangs spürte er nicht, dass er seinen festen Boden verlassen hatte, dass unter ihm der Grund weggekippt war und er über unvermessenen Tiefen schwamm. Die scheinbar vertraute Ansicht der Dinge verbarg einen unvertrauten Hintergrund; und ab einem bestimmten Punkt schien es ihm, als hätte er nur gemeint, von bekannten Gesichtern umgeben zu sein, bis diese in einer gleichzeitigen Bewegung als Masken abgenommen wurden und darunter wären fremde und unbekannte Personen zum Vorschein gekommen: Nun war er umstellt von einer Wand aus Fremdem.

Die eine Welt, vorgespielt durch dieselben Marken, dieselben Waren, die in den Läden auslagen, dieselben Fernsehserien, die im TV abgespielt wurden, dasselbe Verhalten gegenüber ihm als Hotelgast, wie er es von überall gewohnt war: Diese eine und zusammenhängende Welt zersplitterte als Illusion, nachdem er auf die Differenzen aufmerksam wurde. Er konnte nicht mehr voraussetzen, dass seine Sicht der Dinge selbstverständlich von den anderen geteilt wurde, wie er es Zuhause (mit kleinen Abweichungen) als gegeben nahm. Und er musste sich fragen, ob er wirklich bereit war, sein Gewohntes aufzugeben (sein von ihm abgelehntes, belastendes Gewohnte), ob er bereit war, andere Weltsichten als neues Fundament seines Lebens zu akzeptieren.

Neugierig und offen Exotik und Fremdes als bereichernde Erfahrung anzunehmen war etwas anderes, als in eine andere Sicht der Dinge wirklich einzutreten, und dazu fühlte er sich aufgefordert. Jedes Gespräch, jedes Verhalten wurde ihm doppeldeutig und missverständlich. Unbefangen gab er sich preis, verschenkte Fotos und Informationen über sich, um erstaunt festzustellen, dass sie eine ganz andere Wertigkeit in dieser neuen Umgebung hatten: Hier waren sie Teil eines Spieles um Macht über den Anderen; nur wer sich (sein Wesentliches) verbarg, konnte sich behalten, wer sich nicht vorsah, geriet unter Einfluss: Er konnte kontrolliert werden, im Guten oder Schlechten. Verhext. Das Bild stand für die Person, der Gedanke für die Tat. Ungeschicklichkeit war böse Absicht, ein offenbarter, wirklicher Name ein Vertrauensbeweis.

**

Am wenigsten kam er damit zurecht, dass es scheinbar nur von der Innensicht der Beteiligten abhängig war, wie ein Vorfall berichtet wurde; die Schilderung änderte sich ständig, ohne dass es den Erzählern zum Problem wurde: Was für ihn Redlichkeit war, Pflicht zur Objektivität, war hier Marotte oder Dummheit (wer würde sich durch Nachteiliges schon selbst schaden?); die Erzählung wurde ständig neu erfunden, ohne das der Erzähler dies als Unwahrhaftigkeit oder bewusste Lüge nahm: Er glaubte an seinen Bericht, glaubte an das ausgesprochene Wort. Das Geschehen gab es nicht als Objekt in der Vergangenheit, aus der es erinnert werden konnte, es gab die Gegenwart der Erzählung und diese änderte sich je nach Bedürfnis, Emotion, Konstellation. Für ihn selbst war aber Objektivität ein Heiligtum. Es durfte nicht angetastet, nicht geschändet werden. Wenn es die Tatsache als Vergangenheitsobjekt nicht wirklich gab, aufsuchbar, beschreibbar, wo war dann sein fester Stand? Er würde ewig im Ungewissen treiben, den Strömungen ausgeliefert. War das dann die Wasserwelt Undines?

Ein weiteres für ihn Ungewohntes waren Charakterzüge, die er nicht erwartet hätte und für die er erst allmählich eine Wahrnehmung entwickelte: Unter der gutmütigen, fröhlichen Oberfläche (kein Problem, alles ist gut) lag ein Abgrund an Misstrauen, an Bereitschaft zum Verrat und an Überzeugung, verraten zu werden, der ihn erschreckte. Er selbst hatte wenig Freunde, aber es wäre ihm nie der Gedanke gekommen, nach einem Besuch von ihnen nachzuschauen, ob auch nichts fehlte, oder zu überlegen, wenn er etwas nicht gleich finden konnte, wer ihn zuletzt besucht hatte. Gewalt war für ihn etwas, worüber man in der Zeitung las (es betraf immer andere), hier war sie Bestandteil des täglichen Lebens: unmaskiert, unverhohlen, jederzeit ausbrechend. Und die andere Seite: laute, explodierende Freude, mitreißender Schwung, distanzlose Hingabe. Keine Grenzen aus Kälte und Abstand.
Wie wollte er damit umgehen? Langsam zog er sich zurück. Suchte verzweifelt nach sich selbst in der Fremde. Hielt sich an Verhaltensweisen und Ansichten, die ihm schon längst suspekt geworden waren, an die er sich jetzt jedoch klammerte. Erlebte seine noch neue Beziehung schon bald als

zu enge Umarmung, zu festes Verfügen. Und stürzte in Melancholie und Ängstlichkeit: Melancholie des Abschiednehmens, der verlorenen Chance, Angst vor dem Hineingeworfen werden in einen Abgrund realer Not und Bedrohung. Was wäre sein Leben, wenn er hier bliebe? Was sein Leben, wenn er von heute auf morgen ginge?

Schon trauerte er um die vergebene Möglichkeit, sein Leben von Grund auf zu ändern, noch bevor er auf diese Chance verzichtete; schon verriet er, der sich selbst als treu und gewissenvoll ansah, gewissenlos die, die den Verrat voraussetzte, aber festhielt. Schon war er in sich gespalten und zog sich ins eigene Geheime zurück: Als jemand, der doch Offenheit, Eindeutigkeit in einer Beziehung als unabdingbar ansah. Schon gab es den Bruch, noch bevor es den Gedanken daran gab.

**

Der Wind fuhr in die Baumwipfel, schüttelte sie und ließ eine Flucht von verwirrenden Räumen entstehen, im Hin- und Herschwanken ständig neuer Durchsichten. Er spreizte die Federkrone einer nahestehenden Palme auf, und in der Dämmerung sah er plötzlich statt ihrer bewegten Zweige ein riesiges Krakentier, das nach ihm griff, wild um sich schlagend. Einen Augenblick lang schreckte er davon zurück, bis ihm die normale Sicht der Dinge wiederkam. Aber für einen kurzen, intensiven Moment war er in den Traum zurückgetaucht, welcher der Ausgangspunkt seiner Reise gewesen war. Jetzt war er wieder in der Stimmung seiner damaligen Träume angekommen, doch wach dabei – keine Flucht ins Aufwachen möglich. Aber wollte er flüchten? Er wusste es nicht. Es war nicht das, was er gesucht hatte, dafür war es zu befremdend, andrerseits war es auf keinen Fall das, was er verlassen hatte, um auf die Suche zu gehen. Es blieb: angespanntes Traumgefangensein. Unschlüssigkeit. Zögern.

**

Seit er sich als Austrocknender, als Wasserquellloser selbsterkannt hatte, war sein Reisen ein Weg hin zu einer möglichen Wiederbelebung gewesen. Suchfahrt. Quellfindungsfahrt. Wo und wie konnte das Reservoir entdeckt, erschlossen werden, das ihn auffrischen, ihn wieder verlebendigen würde. Er hatte sich die Göttin aufgebaut, als Visierbild und Helfermatrix, um sich diesem Ziel zu nähern. Er hatte sich mit dem Bild der Göttin beschäftigt und es wirkungsvoll werden lassen. Undine war eine ihrer Erscheinungsformen: Wasserwesen, Wasserschenkende, Verbindung zu der hervorspringenden Fülle, die er suchte, Verbindung auch zum verlorenen Ringen seines Großonkels. Und nun, im unerwarteten Umschwung in das neue, füllhorngesegnete Leben schreckte ihn die Konsequenz. Nun war das, was ihn ins Trockenland getrieben hatte wieder am Zug. Angst vor dem Ertrinken, dem Untergehen; deshalb der Fluchtreflex ins Staubfresserdasein. Aber diesmal konnte es nicht mehr schleichend unbemerkt vor sich gehen, diesmal würde es ein Zerreißen, ein Abriss, ein Schmerz sein. Wie er verstand, war die Insel und seine Begegnung mit Yéma ein Angebot, eine Antwort auf seinen damaligen, scheinbar Jahrhunderte zurückliegenden Hilferuf und Aufbruch. Und wie er nun herausfinden musste, war er nie wirklich aufgebrochen: Noch immer in der Stasis. Noch immer Steintrümmerbewohner.

**

Wenn er auf den Grund seines (etwas in ihm sagte: vorübergehenden) Ausstieges aus seiner Arbeit ging, in die Tiefe, fand er dort ein singuläres Motiv: Er wollte neue Inhalte schaffen, nicht nur neue Formen. Neue Wesen, nicht nur neue Kleider. Jeder war damit beschäftigt, alte Inhalte umzuschreiben, ihnen eine neue Form zu geben. Ihm genügte das nicht. Konnte nicht genügen. Er wollte keine bloß neuen Formen. Formen gab es wie Sand am Meer, und jede war, wie das einzelne Sandkorn, von gleichem Wert wie die anderen. Gleich gültig. Wer konnte denn schon darüber urteilen, ob diese eine Form besser war als eine andere? Was er dagegen wollte, war: etwas wirklich Neues. Noch nie da gewesenes. Erst durch ihn in die Existenz gekommenes. Nicht nur Veränderung des bereits Vorhandenen. Modifikation, Variation, Störung, Unterbrechung, Einfügung, Verlängerung, Verkürzung, Morphose, Meta-Morphose: All dies stand ihm als Technik der Gestaltung zur Verfügung. All dies war ihm zu wenig. Neuschöpfung wollte er. Schöpfung aus dem Nichts: Und das lag außerhalb seiner Reichweite.

Hier war die Ursprungskränkung, die ihn getroffen hatte. Verdorren lies. Und: die erhoffte Heilung konnte nur aus dem Zugang zu diesem Potenzial kommen. Stattdessen verschlang ihn nun ein Strudel von Formvielfältigkeiten, von möglichen und gleichwertigen Ausdrucksformen, in dem er untergehen musste, zog er sich nicht aufs trockene Land zurück. In seine Wüstung: den gesicherten Bestand. Den geklärten Formkanon. Und in ein erstarrtes Leben. Was er jetzt dabei war, wieder zu tun.

Unter diesem verzweifelten Drang zur Neuschöpfung lag noch tiefer, in einer Gegenströmung, die Sehnsucht nach Teilhabe: am Eigentlichen. Lag das Gefühl, abgeschnitten zu sein. Abgekappt. In der Fremde zu verkümmern. Kreativität war letztlich ein Durchstoß zur Aufhebung der Isolation, zur Rückkehr aus der Verbannung. Aus der Empfindung heraus, nie im Eigentlichen zu sein, wollte er die Tür dorthin wenigstens einen Spalt weit öffnen, um sich im Durchbruch fest zu zwängen, dort trotzig zu beharren. Stattdessen verkümmerte er in der Peripherie, Sphäre um Sphäre abgedriftet vom Zentrum. Ins Nichts. In den Alltag. Dieses Grundgefühl durchzog seine Existenz. In ihm, in seiner verborgenen Tiefe, war er ein Gnostiker: ohne jedoch von der Möglichkeit von Gnosis überzeugt zu sein. War er, in deren Sprache, ein Fremdling; nur ohne die Gewissheit, einen Weg in die Heimat zu kennen.

Die Göttin der Teilhabe sollte ihn aus dem Abseits helfen: so malte er sich ihr Bild. Aber Teilhabe an irgendwas war nicht genug, das führte nur aus der gewohnten Fremde in eine unbekannte, überschwemmte ihn mit noch mehr Uneigentlichem. Hier wehrte er ab, sperrte sich, drängte ins Zentrum, ins Wesentliche und war damit ganz auf der Linie seiner Kultur, deren Festlegungen er doch

nicht mehr folgen wollte. Die Vielfalt der Neben-
wege, die Chancen der Teilhabe an einem aufge-
fächerten bunten Abglanz war in deren Augen nur
Zersplitterung, Abirrung ins Nebensächliche,
letztendlich Gefangensein in vielen Unbedeutend-
heiten. Die ausschmückende Fantasie, in der seine
Nixen, Wasserwesen, Undinen, Meeresgöttinnen
immer neu und anders aufgetaucht waren, Sym-
bole der Teilhabe und Teilhabende gleichzeitig,
war ja im Verlauf dieser Entwicklung diskreditiert
worden, ihre Bilder zuerst ins Dämonische umge-
deutet, als Gegenbild des Rechten, dann als Au-
gentäuschung abgetan: als Nichtigkeiten. Also
war seine Ablehnung der Inselmythen Ablehnung
seines eigenen Impulses, sich eine Göttin möglich
zu machen: Im Grunde Verrat an dieser. Und
Rückkehr ins Gewohnte, ins Exil. War ein Zurück-
weichen vor neuen Möglichkeiten, möglichen anderen Zugängen zur Teilhabe. Wenn er sich nur
dem Öffner der Wege hätte anvertrauen können!
Was ihm versperrt war...

Die Angst, sich im Fremden zu verlieren, wächst
mit dem Anspruch, sich selbst zu finden. Oder:
sein Selbst zu erfinden. Erfinden zu müssen. Er
durfte nichts zulassen, was ihn aus dieser Selbst-
erfindung hinausführte, ihn ablenken und seine
Konstruktion zum Einsturz bringen konnte. Nur

im eigenen Zentrum war der Punkt, an dem das Wahre in die Existenz kam: Das Wahre des Anderen, des Draußen, wehrte er ab. Die Vielfalt. Die Fabeleien. Den Rausch der Musik. Das fremde Ritual.

**

Irgendwann kam es zum ersten Streit, aus irgendeinem Grund oder Nicht-Grund. In dieser lösenden Szene (Geschrei, Weinen, Tränen) stieg es in ihr empor, sie entzog sich der versöhnenden Umarmung, kehrte ihm den Rücken zu und sagte leise: „Du wirst gehen. Sie hat es mir gesagt. Sie hat es gesehen. Du gehörst nicht hierher. Du bist schon dabei zu gehen." Zuerst wusste er nicht, wovon Yéma sprach, dann erinnerte er sich an ihren Besuch bei der Heilerin. „Niemand kann wissen was geschehen wird. Niemand kann vorausbestimmen. Ich bin bei dir. Glaube nicht, was dir jemand erzählt, der uns nicht wirklich kennt." Sie ging auf seine Vernunft nicht ein. „Sie hat gesagt, du hättest dich mit Ochun-Yemayá verbunden. Aber du würdest die Göttin verraten. Du würdest dich selbst verraten. Du würdest deinen Geistbegleiter verraten. Du würdest mich verraten. Du wärst aus freiem Willen blind, obwohl du sehen kannst. Aus freiem Willen kalt, obwohl du fühlen kannst. Aus freiem Willen allein, obwohl du lieben kannst. Sie hat recht, recht, sie hat recht." Was sollte er ihr darauf sagen?

Er hatte sich nicht von seinem Kindheitsglauben gelöst (der hier in dieser Weltgegend ein, wie ihm schien, bizarres Echo und noch stärkere Verwüstung als Zuhause hervorgebracht hatte) um in einen anderen Kindheitsglauben überzuwechseln, der sich im widerstreitenden Zusammenspiel mit seinem eigenen befand. Seine Göttin war synthetisch. Die Göttin dieser Insel war das nicht. Seine Göttin war sein Spiel. Der realen Göttin der Insel wurden Ziegen geopfert. Verwischten sich für ihn diese Unterschiede, hoben sie sich auf, dann war er auf der Insel gestrandet, war nur aus einer vormodernen Glaubenswelt in eine noch ältere Vormoderne gewechselt. Er wollte die Fäden selbst in der Hand behalten. Selbst bestimmen was war und was nicht war. Nicht untertauchen im dunkelgrünen Chaoswasser seines Traumbildes, sondern freischwebend den Fluss zur Quelle aufwärts gehen. Und gerade war er dabei, die Balance zu verlieren und in die Strömung zu stürzen. Dem musste er sich entziehen.

**

Im normalen Leben war das, was zu tun war, kein Problem. Es gab keine Verpflichtung und damit kein Problem. Aber er war irgendwie außerhalb des üblichen Lebens geraten: In ein anderes Licht eingetaucht, ein anderes Leben um sich, andere Träume, Erwartungen, Schrecknisse in sich. Um einfach so zu gehen gab es überraschenderweise Hindernisse: Verlangen, Furcht, Bedenken. Warum, wusste er nicht; Verlangen war verständlich, aber seiner Natur nach nicht sehr wählerisch; Furcht vor den Folgen seines Fortgehens nicht verständlich, aber untergründig da; und sein Bedenken: Warum hatte er dieses Gefühl der Verbundenheit, das ein Recht schuf, ein Recht auf Vertrauen, auf Gemeinschaft, auf Verlässlichkeit? Kein gemeinsam verbrachter Tag, keine gemeinsame Nacht sollte ihn in diese Situation bringen, ihn ins Unrecht setzen, wenn er sich normal verhielt. Normal wie üblich. Wie zu erwarten. Normal nach den Regeln zuhause, die er jetzt schon wieder akzeptierte, im Vorgriff auf das Zukünftige. Es hielt ihn noch, schon schwankend. Ein Anstoß und er würde gehen.

**

Seit dem Start war schon einige Zeit vergangen, quälend langsam allerdings; der Flug richtete sich auf die rasch näherkommende Nacht, die noch plötzlicher als auf der Insel über sie hereinbrach, von einem Augenblick auf den anderen, wie wenn sie in Eile eine Trennwand durchstoßen hätten. Während er wie erstarrt in der gedämpft beleuchteten Röhre saß, gefangen in ununterbrochene Geräusche und Schwingungen, den verzerrten Wahrnehmungen eines Nachtfluges ausgeliefert, dachte er an den Moment zurück, in dem er aufmerksam und gebannt seinem manchmal unverständlichen Reiseradio gelauscht hatte, Ohr an Lautsprechermembrane, und ihn die Nachricht von der großen Weihnachtsflut im weit entfernten Deutschland mehr und mehr beunruhigte, wie etwas, was ihn unmittelbarer betraf, was ihn direkter umgab als die reale, laue Tropennacht mit ihren noch immer unbestimmbaren Geräuschen ringsumher. Seine Anteilnahme war akuter Erregung gewichen, als der Nachrichtensprecher fortfuhr die einzelnen Orte aufzulisten, die davon betroffen waren und als besonderes Ereignis die Überflutung des im Bau befindlichen Abgeordnetenhauses am Rhein erwähnte. Zuerst hatte er überhaupt nicht reagiert, dann wie automatisch: Telefonieren, abklären, Termine verabreden, sich informieren lassen. Versprechungen, Statements, Erklärungen abgeben – und noch immer innerlich verwundert: Sein Bau war im Wasser versunken. Hier, im Reich seiner selbsterschaffenen Göttin, aus dem er soeben flüchten wollte, war im klarsichtig deutlich: Undine hatte sich ihr Opfer genommen. Zwar nicht die Person, aber das Werk. Er wusste, diese Einsicht würde ihm bald wieder irreal werden, im Ärger der Schadensbegrenzung und Schuldzuweisung, aber noch war ihm gewiss: Die Göttin hatte sich erhoben, war über Land gegangen und hatte ihre Hand auf sein Werk gelegt; hatte ihm etwas genommen, wegen seiner Treulosigkeit, und damit ein Zeichen gesetzt. Wie merkwürdig, wenn er es zusammensah: Sein Großonkel an Undine gescheitert, er selbst dabei, vor ihr zu fliehen.

Irgendwie hatte er eine persönliche Grenze erreicht und überschritten, die das für ihn Reale und Handhabbare von dem Irrealen und Unverständlichen trennte. Wieso er jetzt Inneres und Äußeres mischte und überzeugt war, seine eigene Fantasie hätte sich in der Wirklichkeit einer Naturkatastrophe gegen ihn gekehrt und als Verhängnis eingeholt, konnte er nicht begründen. Er wusste es nur. Und darüber hinaus wusste er nichts weiter. Die Geräusche des Fluges dehnten sich in einen unerträglichen Zeitstillstand aus, während er ungeduldig angespannt die ersten Anzeichen des aufdämmernden Morgens in einem lichten Wolkenstreifen weit voraus wahrnahm: Etwas lag hinter ihm, etwas erwartete ihn.